中国散文 60 强

临渊与寻鹤

江 子/著

北京联合出版公司
Beijing United Publishing Co.,Ltd.

图书在版编目（CIP）数据

临渊与寻鹤 / 江子著. -- 北京 ： 北京联合出版公
司，2024. 8. --（中国散文60强）. -- ISBN 978-7
-5596-7792-1

Ⅰ．Ⅰ267

中国国家版本馆CIP数据核字第202456NJ72号

临渊与寻鹤

作　　者：江　子
出 品 人：赵红仕
出版监制：张晓冬
责任编辑：孙志文
特约编辑：和庚方　张　颖
封面设计：立丰天

北京联合出版公司出版
（北京市西城区德外大街83号楼9层　100088）
三河市同力彩印有限公司印刷　　新华书店经销
字数150千字　650毫米×920毫米　1/16　14印张
2024年8月第1版　2024年8月第1次印刷
ISBN 978-7-5596-7792-1
定价：65.00元

"中国散文 60 强"丛书

编委会

丛书总策划

张　明　著名出版人

编委主任

邱华栋　全国政协常委

中国作家协会副主席、书记处书记

编　委

叶　梅　中国散文学会会长

陆春祥　中国散文学会副会长

冯秋子　中国作家协会原社联部副主任

吴佳骏　《红岩》编辑部主任

张　英　资深媒体人

文　欢　作家、资深编辑

中华散文的文脉与发展

——"中国散文 60 强"总序

邱华栋

中国是诗的国度，亦是散文的国度。

穿越千年时空，从明清至唐宋，再由魏晋南北朝至两汉先秦一路回溯，汉语言文学中的散文实乃根深叶茂，硕果累累。无论是"唐宋八大家"之雄文美文，还是骈俪多姿的辞赋，以及名垂史册的《史记》《左传》，均为中国文学史上的璀璨明珠。"散文"与"诗"一道，成为中国文学的"嫡系"。尽管，后来从西方引进嫁接技术所催生的"小说"，大有"喧宾夺主"之势，终究还得"认祖归宗"，血脉和基因是无法改变的。

在中国散文流变历程中，曾出现过两次鼎盛期。一次是被文学史家所公认的"先秦散文"时期。其时，伴随着春秋时期的思想解放，诸子蜂起，百家争鸣，一大批散文家以饱满的气血、驳杂的学识和破茧的精神，创造出了散文的繁荣和辉煌局面，对后世产生了极大的影响。

到了"五四"时期，中国散文迎来了第二次鼎盛期。白话文如劲风激浪，吹刮和涤荡着神州大地。沉睡的雄狮醒来了，偃卧的小草开始歌唱。许多学贯中西的进步文人，肩扛文化变革的大纛，冲锋陷阵，掀起了一波又一波的新文学浪潮。《新青年》上刊载的散文，犹如一束束亮光，不但给人以希望，还给人以力量。"五四"以来的散文作品，无论是观念和主题，还是形式和风格，都跟以往的散文迥然不同。最具代表性的，当属鲁迅先生的散文（包括杂文），其刚健、凌厉的文质，疗救了中国散文长久以来颓靡不振、钙质疏流的顽疾。此外，周作人、郁达夫、朱自清、萧红、沈从文等一大批作家的散文创作亦各具特色，呈一时之盛，影响深远。

时代的前行催生了文学的发展，然而文学与时代有时并不同步甚至充满了"张力场"。"五四"的个性解放虽然催生了一批个性鲜明的散文精品，但这样的生态并未持续多久，中国散文的波峰出现了向低谷滑行的趋势。有论者指出，"散文在 50 年代既是对解放区散文文体意识的放大，又是对五四散文文体精神的进一步偏离。这种放大和偏离表现在个体性情的抒发让位于时代共性或者时代精神的谱写，政治标准优先于艺术标准，批判性为歌颂性所取代等诸方面。"（董健、丁帆、王彬彬《中国当代文学史新稿》）1960 年代初，散文创作一度出现了活跃，"专业"从事散文创作的作家群凸显出来，刘白羽、杨朔、秦牧相继登场，迅速成为散文界的三位名家。但他们的作品后人评价褒贬不一，认为其中颂歌式的写法较为单向，这种模式化的写作，不但对散文的建设毫无益处，反而扼杀了散文的个性和神采。

"文革"十年，中国散文更是一片凋零和荒芜，乏善可陈。1970 年代末，一些历经浩劫的作家开始复血，解除思想枷锁，重新拿起笔来写作，中国散文才又凤凰涅槃，焕发生机。加之各种文学刊物纷纷复刊和创刊，以及大量西方文化读物的译介出版，更为这些饥渴、桎梏太久的散文作者提供了登台亮相的舞台和瞭望世界的窗口。

1980 年代初期，伴随改革开放的热潮，思想解放大旗招展，文化随之繁荣，诸多承续"五四"精神的作家以笔为旗，抒发胸中压抑既久之块垒，出现了一批抒情性质浓郁的散文，使得现代散文这块"百花园"芳菲争艳，蔚为大观。特别是 1980 年代中期，随着作家主体意识的不断强化，中国文学开始呈现出一个崭新局面，作家从"集体意识"中抽身而出，重新返回"个体"，注重对生活的体察和内在情感的表达。这一时期，散文的艺术性得以强化，文本的精神内涵和表现空间得以拓展。

进入 1990 年代，社会发展日新月异，城镇化进程锐不可当，文化领域亦呈多元格局。各种文学思潮相互碰撞，人文精神的讨论更是打开了作家们的创作思路。"大散文"概念的提出，引发了散文界对散文的内涵和外延的重新讨论和界定。风靡一时的"文化散文"热，成为文坛上一道靓丽的风景。"新散文""原散文""后散文""在场散文"等散文流派"你方唱罢我登场"，争奇斗艳，各领风骚。

及至二十世纪末，一批深具先锋意识和文体自觉的新锐作家，象一头公牛闯入瓷器店，使散文天地发生了激烈的碰撞和变化，形成一股新的散文潮流，提升了散文的审美品质和精神向度。

纵观 1978 年至 2023 年四十多年来，中华大地在"改开"的黄金时代中，社会生活奔涌激荡，各种思潮风起云涌，散文创作更是云蒸霞蔚、气象万千，涌现了众多成就斐然、风格各异的散文作家和具有思想深度、艺术上乘的散文作品。岁月的流水冲走了枯枝败叶和闲花野草，中流砥柱却巍然屹立。时间留住了新时代的散文经典，经典在时间的长河中绽放光芒。以沙里淘金的经典散文向"改开"的时代致敬，是我们不可推卸的责任和义务。

别看散文的门槛貌似很低，要真正写好，却实属不易。优质散文是有难度的写作，它不但需要作者的智识、胸襟、眼界、修养和气度格局；更需要写作者的态度、立场、慈悲、良知和批判勇气。遗憾的是，散文创作繁荣和光鲜的另一面，却是大量平庸甚至低劣之作的泛滥，不但败坏了读者的胃口，而且造成了物质和精神的极大浪费。散文作家层出不穷，散文作品汗牛充栋，可真正能让人记住的散文佳构却凤毛麟角。

散文要发展，文学要前行。发展和前行就要从平庸的樊篱中突围。在突围的过程中，散文作家不可太"聪明"，不可太世故，要永存对文学的敬畏之心。一言以蔽之，散文的尊严来自散文作家的尊严。也可以说，要想散文繁荣，首先需要有一批人格健全，品德高尚，铁肩担道义的散文作家。什么样的人写什么样的文章。特别是写散文，最容易看出一个作家的内在品质和境界涵养。一个人格不健全的人，哪怕他作文的技法再高妙，也很难写出撼人心魄、抚慰灵魂的散文来。作家精神品质的高低，直接决定其作品的精神向度。

为了散文写作的突围和发展，为了建设独具特质的当代散文，也是为了更好地从经典散文中汲取营养，我认为有必要正视和重申一些常识性的思考。高头讲章的理论是灰色的，常识之树却葳蕤常青。

一、作家的个体精神决定散文的优劣。常言道，散文易学而难攻。难在什么地方，不是难在技巧，而是难在作家个体精神的淬炼上。倘若作家的个体精神不够丰富，不够深刻，不够清澈，纵使他手里握着一支生花妙笔，也写不出令人称赞的散文。那么，如何才能做到个体精神的丰富性呢，这就要求作家时时刻刻不背离生活，要知人情冷暖，体察人间百态，关心民瘼，有忧患意识，不要做生存的旁观者。一个冷漠甚至冷酷的人，是不适合从事散文创作的。

二、真诚是确保散文品质的基石。散文创作跟作家的生存经验息息相关，可以说，真正优质的散文，无不牵连着作家的血肉和心性。作家的喜怒哀乐，悲欢离合，都或隐或显地暗含在他的作品中。假如在一篇散文作品中，读者既看不到作者的体温，又看不到作者的态度，那这篇作品或许就是失败的。说明这个作者在他的作品中"说谎"或"造假"，缺乏真诚之心。作家一旦失去真诚，为文必定矫揉造作，作品也必定会失去生命力。因此，真诚是散文的"生命线"，也是"底线"。

三、个性是促进散文生长的养料。人无个性便无趣，文无个性便平质。当下，每年都会诞生数以万计的散文篇章，但能够让人记住，且读后还想读的作品并不多，何故？概在于这些数量庞大的散文，无论题材，还是语感都千篇一律，像是从"模具"中生产出来的，缺乏辨识度。散文要发展，必须要求作家具有"个性意识"。"个性意识"不是标新立异，更不是哗众取宠，而是一种"创新意识"和"审美意识"。但凡在散文创作方面被公认的那些大家，都是"文体家"，他们以自觉的写作实践，开创了散文写作的新路径。不合流俗方能独步致远，推动散文的建设和繁荣。

当然，以上几点并非创作散文的圭臬，谁也没有资格去为散文"立法"。

散文是自由的创造，散文精神即自由精神。我之所以提出来，仅仅是希望引起散文同行们的重视和参考，共同为中国当代散文的发展尽力增光。

我们策划、编选"中国散文 60 强"（1978—2023）的初衷，旨在对新时期以来的中国散文创作作出梳理、评价和选择，试图精选出风格各异的代表性散文作家，以每位一部单行本的形式，呈现出中国新时期优质散文的大体样貌。此项目的发起人为资深出版人张明先生。多年来，他一直追求做高品位的纯文学书籍，也曾连续多年与中国散文学会、中国小说学会合作，出版年度《中国散文排行榜》和年度《中国小说排行榜》。2023 年他策划出版了《中国小说100 强》，反响不俗。身处喧嚣、纷杂的环境，能以如此情怀和心力来为文学做如此浩大的工程，不能不令人钦佩！

感谢张明先生邀请我和叶梅、冯秋子、陆春祥、吴佳骏、张芙、文欢组成编委会，共同遴选出 60 位作家。我们在召开筹备会的时候，即将作品的思想性、艺术性、代表性以及影响力作为编选的基本原则。在确定入选作家名单时，我们认真商讨，反复研究，生怕因为各自的眼力、审美和趣味之别，造成遗珠之憾。好在我们的工作得到了作家们的积极回应和鼎力支持，惠风和畅，大地丰饶。

60 位入选的作家，既有令人尊敬的文学大家，如孙犁、张中行、汪曾祺、史铁生、邵燕祥、流沙河、刘烨园、宗璞、贾平凹、韩少功、张炜、梁晓声、阿来、冯骥才等。这批散文大家的作品，文风质朴、清朗、刚健，充满了"智性"和"诗性"。无论他们是写怀人之作，还是针砭时弊，歌咏风物，都有着鲜明的文化立场和审美取向。他们或出入历史，借古观今；或提炼人生，洞明世事，输送给读者的都是难能可贵的"精神营养"。

也有被散文界公认的名家，如李敬泽、王充闾、马丽华、周涛、冯秋子、叶梅、筱敏、张锐锋、周晓枫、于坚、鲍尔吉·原野等。这些作家的散文作品，特色鲜明，风格独特，诚挚内敛，从内容到形式，都作出了各自的探索和尝试，为当代散文注入了活力。从他们的作品中，我们不但能够领略汉语之美，更可以借此反观生活与存在，寻找人之为人的价值和尊严。

还有散文界的中坚力量和青年才俊，如彭程、谢宗玉、江子、雷平阳、任林举、塞壬、沈念、傅菲、吴佳骏、周华诚等。从他们的作品中，我们见到的，不只是中国散文的文脉传承，更是自由精神的张扬。他们文心雅正，笔力锋锐，不跟风，不盲从，始终保持着独立的思索和判断，在各自所开辟的散文园地中精耕细作，以崭新的姿态参与和推动当代散文的变革。

　　其实，细心的读者不难发现，入选本丛书的老、中、青三代作家都有个共性，即他们均在以自己的作品审视心灵，心系苍生，弘扬真善美，鞭挞假恶丑，充满了正义感和人道主义精神。这自然与时下众多书写风花雪月，一己悲欢，充塞小情趣、小可爱的散文区别开来。正是因为有他们的存在，中国当代散文才呈现出一幅绚丽多姿的长卷。

　　需要说明的是，有些重要的散文家，如张承志、余秋雨、王小波、苇岸、刘亮程、李娟等人，由于版权或其他不可抗原因，未能将他们的作品收录进来，我们深以为憾。

　　我们还要感谢北京立丰天文化传播有限公司的资金支持，感谢北京联合出版公司的精心编校，他们慷慨和无私的义举，对于繁荣中国当代散文创作、对于赓续中华优秀散文文脉、对于中国新时期的文化积累，均具重大价值和意义，可谓善莫大焉。这套丛书的出版意义将同《中国小说100强》一样，旨在给读者以经典的指引，这既是一项重要的原创文学工程，同时也是助力推动全民阅读和研究传播文化的公益工程。

　　郁郁乎文哉，中国散文有幸！

　　是为序。

2024 年 5 月 12 日星期日

（作者为全国政协常委，中国作协副主席、书记处书记）

目 录
Contents

辑三：动物们

辑一：故乡

临渊记

一

　　人有故土之念，自然也会有出走之愿。出走与返乡，自古以来就是乡土这枚镍币的两面。二十年前，我的故乡赣江以西，就发生了一件出走之事：在有着一千五百多户人家的、据说是全省最大的村庄谷村里，一个名叫李瑞水的刚刚高中毕业的少年，在毫无征兆的情况下突然人间蒸发，没有人知道他去了哪里。

　　这件事情的发生并不蹊跷，谷村的人们传出的有几分靠谱的消息是，李瑞水离家出走的原因大致有二。一是高考失利，李瑞水那年正是高考生，考试成绩通过预估离录取线有些远。考大学是没有希望了，落榜是板上钉钉的事。乡村少年，想告别土地，最理想的路就是考学，可是眼看着这条路临时被堵死了，自己多年的辛苦等于白费，家里多年用于读书的钱都打了水漂，李瑞水的心情当然好不到哪里去。心情不好，又恰逢似乎永无尽头的毒日头下的双抢，就会感觉天地之间有了让人窒息的凝重坚硬之感，李瑞水就在某一天趁人不备，背起背包乘车逃离这沉重故土，去了只有他一个人知道的地方。

李瑞水离家出走的另一个原因，还可能是挨了他父亲的骂。正是赣江以西的乡村一年中最为忙碌的时候，人们要在立秋前把田里长熟的早稻抢收进家门，又要抢着翻转泥土把晚稻种下去。中间的时间只有二十来天，太阳毒辣，对任何人都是一个极大的考验。李瑞水高考失利，心情不好，表现在双抢的参与度上，就有消极怠工的嫌疑，割禾呢有一蔸没一蔸，有一行没一行。拉个板车，背个麻袋，脚步就显得不甘不愿。太阳毒热，可他的脸上，始终是像在严冬，挂满了冰霜。他的父亲，十里八村都熟悉的、长年在镇上卖肉爱开玩笑的屠户老李，看着儿子如此垂头丧气，顿时一点儿玩笑之心都没有了。他就忍不住对李瑞水叱责了几句。不难想象，屠户老李对李瑞水的叱责，并不激烈，因为发生在田地里，在农忙季节，哪里会有大块时间来叱责人？屠户老李的叱责，应该还有用上激将之法，激发李瑞水早日振作的意思，这叱责里就明显裹着关切，家里其他人都听出来了。可结果，李瑞水根本不领这个情。他把手里的镰刀往空中一抛，一言不发就离开了田地。看着李瑞水在田埂上越走越远，所有人都没有在意。他们认为，老子骂儿子天经地义，事情并不复杂，过不了多久就会翻篇，他想生会儿气就让他生去吧。

　　可李瑞水不见了。

　　当天晚上，李瑞水没有出现在饭桌上，全家人并没有把它当回事。双抢正进行到关键时期，没有人有心思理会一个心情不好的人。几乎所有人认为，腿长他身上，他爱去哪儿去哪儿吧，要不了几天他就会回来的。

　　三天之后，李瑞水依然没有回家。全家人也没有觉得有啥不对劲的地方。他们大概以为，他可能是去哪个亲戚家做客了。——赣江以西人多田少，村庄密集，亲友们在四周围成了一道由血脉构成的围墙，那厚厚的围墙，会是失意的人最适合舔吮伤口的温柔乡。

十天后，李瑞水还是没有回家。全家人翻遍李瑞水的房间，除了不见了李瑞水的几件换洗衣服，并没有什么异样。他们去镇上问起长年跑镇里到县城的班车司机，司机说十天前的下午李瑞水搭乘他的车去了县城，之后就再也没有见过他。

李瑞水去了哪里？没有人知道。他没有给这世界留下任何线索。那时候电话还没有普及，没法通过电话拨号向更多的人打听李瑞水的下落。正好双抢忙得差不多了，屠户老李赶紧派出亲友团出门去找李瑞水。

然而，李瑞水就像一滴水被蒸发了一样。他的家人通过种种方式找了他整整二十年。可他们都一无所获。李瑞水是死是活，他们一概不知。

二

有人离家出走这种事情，在我的家乡赣江以西的历史上并不新鲜。五百多年前，就有一名姓刘的人离开了赣江以西，怀着无比决绝的心思一路往北。

之所以知道他出走的方向是北，是因为五百年后有人沿着他留下的点滴印记来寻他的祖籍地。那是 20 世纪 90 年代中期的一天，正在家乡江西吉水宣传部门工作的我接待了一名叫黄祖琳的人。他自称来自湖南宁乡，是一座名人纪念馆研究员。他说他此行是来寻找一个五百多年前从这里走出到湖南宁乡扎根落户的人。他的名字叫作刘时显。

黄祖琳先生约五十岁，个头不高，相貌并没有什么特别，表情也不算活泛，但他的一口湖南普通话，在我们这个外地人不多的机关里就特别惹眼。他的口音吸引了我的诸多同事。他在他们的围观中掏出了一些纸片，那是一些族谱的复印件。通过他的介绍，以及族谱上的说明，我们大致明白了，他所说的刘时显明显标记为"世居江西吉水"，因儿子刘宝在湖南益阳做知县遂跟着去了湖南，之后领着儿子宝、楠、恩，和孙邦益、邦义、邦礼等，举家搬迁到湖南宁乡定居了下来。但其生平记载模糊，清代康熙年间修的族谱标示其"出生没葬俱逸"，就是说出生与死去的时间都不详，但是他的儿子名叫刘宝，因曾当过湖南益阳知县有着清楚的生卒记载："公（刘宝）生嘉靖十八年（1539 年）己亥，没万历三十一年癸卯。"黄祖琳先生按照古代大约十九至二十年为一代的说法，推算出刘时显生辰大约为明正德十五年（1520 年）。他来访的意思，是要我们给他提供必要的帮助，领着他在整个吉水县翻箱倒柜，找到那个 1520 年左右出生的刘时显，从而确认他真正的故乡，以为湖南宁乡刘氏续上他们的根源。——领导把陪同黄研究员的任务派给了我。

吉水有大大小小的村庄两千多个，到哪里找得到这个叫刘时显的人呢？据我所知，明代就存在的刘姓村庄，多是汉景帝刘启的第六个儿子长沙定王刘发的后裔，大约在吉水赣江以西——我的故乡所在的乡镇枫江镇的上陇洲、下陇洲、北坑、老屋等几个村子里。这几个村庄相貌老迈，古迹众多，且基本上一脉相承，一笔写不出两个刘字。说不定黄祖琳要找的 1520 年左右出生的刘时显的踪迹，就隐藏在这几个村庄的族谱之中。

我领着黄研究员杀向了这几个村庄。我们认真翻查这几个村庄的族谱。我们共找到了六个叫刘时显的人，但他们分明与黄研究员要找的刘时显身份不符。他们有的生于永乐，有的生于宣德，还有的是崇祯时的子民。他们跟大多数普通本地人一样，在这块土地上出生，又在这块土地上死去。族谱上根本没有他们出外开枝散叶的记载。

那到底是哪里出了岔子？会不会因为过早离开家乡，刘时显的名字和生平，赣江以西的族谱没有来得及记载？——然而这几乎是不可能的事。族谱的伦理，即使幼年夭折的人，也会仔细记录在案。

正当我们一筹莫展之时，有老屋村的老人提醒我们，他们村曾在明朝时分出一支到了五里外的钟家塘村。只是过了好几百年，钟家塘村数姓杂居，刘氏香火不旺，血脉不显，也就不那么被人关注。要不你们去那里看看？

我们立即驱车来到了钟家塘村。那也是离赣江不远的一个小村庄，一百来户的样子。村庄房子之间犬牙交错、凌乱不堪，因为与我的村庄只隔了三里路，我与村里的不少人都有过来往，我知道村里的人们多普通少见识，看不出这个村子有何特别的地方。它会是那个刘时显的故里吗？在一本《南岭粉溪刘氏重修族谱分徙边溪支派》的纸张簌簌作响的老谱中，我们找到一个叫"庆连"的人生有三子，其中次子名叫"时显"，字柏引，关于他的身世只有一句话："出外世系不能悉载。"——这个人出门了，从此再没回来，关于他的子孙后代，没有消息记不了。

他是不是黄研究员要找的刘时显？我与黄研究员进一步对族谱进行分析比对。古称边溪的钟家塘村的刘姓一世祖忠俊到时显共有六代，但因明末李自成为首的农民起义及清兵入关后，反清复明的激烈战争，江西和湖南都是重灾区，南塘刘氏与赣江以西的刘氏，生存都成问题，祖先们的生卒，自然就顾不上了。但边溪始祖忠俊的父亲宗安在其源头古称南岭粉溪的老屋村的族谱中有明确的生卒记载："明永乐四年丙戌八月初八日酉时生，明成化五年乙丑十一月二十日亥时没。"永乐四年即1406年。如果算一九至二十年为一代，《南岭粉溪刘氏重修族谱分徙边溪支派》里记载的"出外世系不能悉载"的刘时显，其生年就应该是明正德十五年（1520年）前后。这个生年，与黄研究员所示湖南宁乡刘氏族谱里的刘时显的生辰十分吻合。黄研究员用十分肯定的语气说，这个刘时显，就是湖南宁乡南塘刘氏的始祖无疑。

——这位五百多年前"出外世系不能悉载"的乡党，他的去向，终于在 20 世纪末浮出了水面。

坐实了刘时显这个人的存在，我与黄研究员走出了村子。我看见村外的阳光古老又簇新，村口通往外面正是一个大坡，有人拉着装满了形状可疑的物品的板车上坡，后面的人极力在推动着板车。他们的远方，是无穷无尽的路。正是热天，他们的背上满是汗水和盐霜。地上是板车清晰的辙印。我想，当年执意奔往湖南的刘时显，也是这样走出村庄的吧？

我看到黄研究员脸上荡漾着笑意。我知道这一寻找结果对他意味着什么。我们不是为五百多年前的那个益阳知县的父亲寻找故乡，而是为黄研究员所在的纪念馆寻找血脉的源头。他所在的名人纪念馆叫花明楼，纪念馆的主人是曾任中华人民共和国主席的刘少奇，他原名刘绍选，正是这位刘时显的第十代孙。

三

在赣江以西，刘时显并不算走得最远的一个，金滩镇白石村的邓汉黻，就要比刘时显走得远一些——他去了广东，把家搬到了当时依然属于东莞管辖的九都桂角山下。后来，这块地方归香港管辖，名字换成了锦田。

金滩镇白石村坐落在赣江之滨，一百来户人家，单姓一个邓字，跟大多数赣江边的村庄一样，白石村资源短缺，田地面积少，且常被水淹，村里人的生活好不到哪里去。改革开放伊始，人们纷纷离开村庄出外打工。

可谁也没料到，就是这么普通的一个村庄，竟然有着整个县乃至整个吉安市最为显赫的海外关系——香港的名门望族、有三万人之多的邓氏家族，就发源于这个名不见经传的村子。

白石村有显赫的海外关系的说法，并非白石村一厢情愿的吹嘘夸饰，而是通过香港邓氏家族主动前来攀扯得以坐实。20 世纪 90 年代中期，内地与香港的关系趋于稳定，香江那边的邓氏家族，立即派出十余人组成的亲友团，在本地市县乡三级官员的陪同下驱车来到白石村。他们说着夹着白话的普通话。因改革开放，这样的腔调已经让我们熟悉，县里的文工团演员，为表现当代内地与沿海开放地区的交往就经常在舞台上操着如此腔调。但他们远不是我们县文工团演员表现的那样滑稽、装腔作势，而是神情郑重，举止如仪。他们见娃儿就给红包，见祠堂就拜，见乡亲就拉着叙齿序，论辈分，排字号，称叔呼伯，不亦乐乎。他们集体跪倒在几座天知道是否还有骨殖的几近荒芜的古老坟墓前，泪水滂沱，口里喃喃说，列祖列宗，不肖子孙们终于回来了！——他们跪在祖坟面前集体哭泣的样子，多像一群幡然醒悟的浪子！

他们并不仅仅是来行礼认亲的。他们还与白石村的族亲们商议村庄许多重要的如祖坟、书院、祠堂、学院等设施的修建计划，详细讨论了方案，核定了预算。一到香港，他们就如数汇来了修建所需的所有称得上巨额的资金。

从关心支持白石村生产生活开始，他们逐渐成了吉水乃至整个江西的义人。他们成立了基金会，通过内地官方的推荐，为诸多深山里的学校捐建教学楼，给孩子们送上学习用品。遇上水灾、冰雪灾，他们必踊跃向官方捐款捐物。他们频繁与内地往来，与白石村所在的吉水、吉安乃至整个江西往来。有人统计，这些年来，他们捐赠的资金，多达数千万元。而他们的行为，毫无商业上的任何回报——据我所知，他们在江西没有过任何跑马圈地的商业举动，没有利用与官方的关系在内地拿哪怕一个房地产项目，建哪怕一座属于他们的楼。

他们大多是受过高等教育的人，是香港社会有影响力的人士，不少是知名企业的法人，也有的栖身于香港的政界、法律界和教育界。作为香港人，他们普遍有国际视野，其工作往往要与全世界打交道。他们肯定知道他们的所行意味着什么，那肯定是与他们的学识、眼界和价值观高度吻合的义举。

作为赣江以西的后裔，我一直默默关注着他们。我渴望知道他们作为义人的逻辑。终于有一天，我遇上了香港邓氏家族的代表人物邓声华先生。

那是21世纪初，江西省政协组织想协同我所在的文艺创作部门，为部分境外的委员撰写一部纪实文学作品，记录下他们的创业历程及慈善义举，以慰他们对江西的乡梓之情。我接到的任务，就是采访前来参加政协会议的香港邓氏国际有限公司董事长邓声华先生。

邓先生时年七十多岁，身材瘦长，穿着一件皱巴巴的白衬衫，留着平头，样子就像是小县城街头随处可见的邻家老伯，根本看不出一点儿实力雄厚的香港知名企业董事长的派头。他一听我介绍说我是吉水人，立即表现出十二分的热情，和我拉起了家常，问我家在哪个乡镇，是否去过他的老家白石村。恍惚间我竟以为我和他并不存在巨大的地理差异，而是两个真正的老乡坐在一起。问答之间，我知道了邓先生早年也颇多苦难，可他凭着生意人的精明，白手起家，抓住了香港的几乎所有发展机会，规避了香港经济的几乎所有风险，一步步把香港邓氏国际做成了融房地产、酒店、商业等为一体的大型企业。

我向邓先生表示祝贺，同时我也说出了我的疑惑。我说吉水并非他的成长之地，这些年来他与族人何以对吉水投入如此多的心血？他沉吟了一会儿，说起了他的家族故事。

他从先祖邓汉黻开始说起。北宋开宝六年（973年），赣江以西的白石村培养出的官员邓汉黻受朝廷之命来到广东任职，官当得好不好不得而知，可解职以后，他没有回到那个生他养他的地方，而是沿途察访，寻找着自己的安身之地，最后定居在今天的香港锦田。那时锦田并无多少人居，几近荒芜之地，可邓汉黻甘之若饴，抱着耕读传家的信念，一边开垦荒地，一边教孩子读书。后来，他的曾孙乃至曾孙的曾孙，不断有人高中进士，其子孙在香港渐次繁衍开来，成为香港当地的名门望族。

从邓汉黻到1930年左右出生的邓声华，近千年时光翻过。一千年的时光，天下多次易主，河流都可改道，一条纤细的血脉，更容易在时光中稀释，可在香港，邓氏家族的人们互相支持、通力合作，近千年不改，可谓其乐融融。邓声华先生告诉我说，他们之所以能保留如此强劲的凝聚之力，乃是源自邓汉黻的教诲。他给子孙后代留下的祖训，就是勿忘自己是吉水白石的子孙——他可能认为血缘并不足以笼络子孙的心，但故乡正如圣域，不管历经多少年，依然会让子孙后代怀着单纯的朝圣之心。

邓汉黻在锦田建起祠堂，祠堂的风格，正是中国南方的风格。他给祠堂拟下对联，首句就是"吉水流芳苹馨藻洁"。他把吉水的习俗移植到锦田，如每年农历正月初一至十五，族人必聚到宗祠点丁灯，饮丁酒，就是凡在过去一年内添了男丁的，都燃亮花灯，悬挂于祠堂横梁之上。灯上写上诸如旨福归堂、状元及第、引儿扳桂、添丁发财等用以祝福新生儿的吉祥语句；元宵当晚，添丁者以盘菜形式宴请族人饮丁酒。一桌八人，围坐共享一盘食物，象征团圆……这些与香港当地完全迥异的习俗，无时无刻不在提醒邓氏子孙他们的家在江西吉水。邓声华先生说，种种教诲，让吉水这个地名，小时候起就在他们心中扎了根。他们从小就有了一个信念，一定要代替他们的祖先争取早日组团回家看看。他们的祖先一千多年前离开了吉水，就意味着这一条血脉亏欠了家乡一千多年。他们要还债，要多多地回报故土。于是，就有了他们这些年的义举。

四

因为自己在广东做了官，邓汉黻退休之后，索性就近选址，定居锦田；因为儿子赴湘做官，自己呢跟着去了湖南客居，看着湖南环境不错，土地资源丰富，然后回家与家人商议，举家搬迁至湖南宁乡。粗看起来，邓汉黻与刘时显，离乡的理由都十分堂皇，一点漏洞都没有。然而仔细分析边溪的刘时显与白石的邓汉黻的出走，他们告别故乡的背影，多少都显得冷漠与无情。

我没有翻看金滩白石村邓氏族谱，不知道邓汉黻的出走在他们的族谱上有着怎样的表述。我知道宋时做官一般必读书，邓汉黻首先是个读书人无疑。凭我对故乡的了解，我知道一个村庄一个家族要培养一名读书人，会是如何的不易。如果是商贾之家或地主家里还好些，如果是普通的农民家庭，那是要举全村全族之力来供养的。赣江以西属于丘陵，人口众多，然而每人可供种植的田地面积并不多，平均每人不足一亩地，当时的农业技术远不算发达，是否得温饱都很难说，要从自己的嘴里省出一口吃食来供养一名读书人，对全村全族来说都不是一件小事。

而如果供养之事一旦开花结果，那获得功名的读书人，就应该铭记全村全族人的恩德，用一生来做全村全族公序良俗的维护者、公共利益的代言人。村里的宗祠祖坟修建，他要捐资在前；村里有人不孝敬老人，他要出面教育；村里的地界被邻村无理侵占，他要暗中施援手；村里有人要吃官司，他要疏通打点。他就是举全村全族之力树立起来的一根顶梁柱、旗杆石。他注定要为全村全族而活，就是退休致仕也应该告老还乡，成为守护乡村道统的乡绅，为乡村争权益谋福利的遗老。在赣江以西，身居高位退休之后依然回到乡里的大有人在。南宋大诗人杨万里，官至四品（宝文阁学士），退休之后，依然回到离白石村约二十里远的黄桥镇湴塘村，饮酒作诗，养花种菜，"日长睡起无情思，闲看儿童捉柳花""酒新今晚醉，烛短昨宵余"，直到八十岁去世；明朝著名外交官陈诚，官至广东布政司右参政（从三品），五次出使西域，是中国历史上行路最远的官员之一，为国家的边疆稳定立下了汗马功劳，晚年依然回到离白石村四十里的阜田镇陈家村，与当地文人唱和，与乡亲们一起喝茶吃肉"开轩面场圃，把酒话桑麻"，直到九十四岁而终。邓汉黻怎么可以把全村全族撇下不管，放弃自己应尽的责任，一个人远走他乡，独享个人清静过自己的逍遥日子呢？

再说刘时显。他本是赣江以西的一个农民，理应抱有故土难移的观念。可是，因为跟着做官的儿子刘宝去湖南客居了一段时间，他竟然像变了一个人，一候刘宝任期结束，就迫不及待地回到家乡，呼儿唤孙，装车驾辕，把该带上的都带上，头也不回地去了湖南。

说他受制于儿子刘宝肯定是不合适的。根据宁乡族谱记载，那时他已经有了三个孙子。他应该是五十开外的人了。他年富力强，是当仁不让的一家之长。他的一家应该有十余口人，要把这十余口人全部搬迁到几百里外的异乡去，是一个巨大的工程，这个主只有他才做得了。而要做下这个主，他是要下天大的决心的。那是一股怎样的力量，让他不管不顾，让整个家连根拔起，不留余地的？他凭什么就认为，到湖南去重新开始一家人的生活，就要比在赣江以西自己生活了多年、有着稳固的社会关系的家乡会更好？根据《宁乡南塘刘氏四修族谱》记载，刘时显一家在湖南的安居之地也并不见得有多好，"卜筑宁邑南乡距城六十里许之古名六十三都即今五都十二区茅田滩居焉"，不过是长满茅草的河滩之地而已。而且，此去肯定再难回还，如果父母还健在，他怎么安顿已年迈的他们？怎么向自己的兄弟姐妹乃至族人乡党们解释？

　　他有三个儿子。他跟着当官的儿子刘宝去湖南时，另两个儿子应该在老家的。因为明朝中期一个小小的县令，俸禄并不算高，根本安顿不了那么多人的生活。据有关记载，刘宝在益阳期间官声不错，颇有政绩，肯定不可能是胆大妄为、贪污腐化之徒，更不可能有条件照顾这么大的一家子。那刘时显从湖南回到赣江以西，他怎么向他在家的儿媳介绍他的举家搬迁之念？他会把湖南夸饰得像天堂一样吗？他会说那里田地多得想开垦多少就多少，想怎么吃饱就怎么吃饱吗？他为什么一定要举家离开故土，为何不给自己留一条后路，在故乡留一个念想，把自己的一个子嗣留在故乡？元末明初从吉水赣江以东龙城走出去的毛太华（湖南韶山毛氏开基祖），到云南永胜参战有了战功，最后受到封赏到湖南湘潭韶山冲落户，尚记得把他四个儿子的两个（二子清二、三子清三）留在给予了他滋养的云南永胜，以让自己时时对那块并不是故乡但胜似故乡的土地翘首回望。他怎么不可以学学这个其实离他并不远的乡党，作一份回望之想？

　　——江西填湖广是贯穿整个明朝历史的重大政治事件。我去湖南，经常听人说起自己是江西人的血脉，据说有 70% 的湖南人的祖籍来自江西。数百年前，因受朝廷的土地优惠政策或其他政策的鼓励，无数江西人都奔赴因战争人口大幅减少的两湖两广安家落户。我想，刘时显的举家迁徙至湖南宁乡，大概就是受到这个历史事件的裹挟与蛊惑。

迁徙本就是人类的常态。可我怀疑刘时显举家搬迁连根拔起的举动，赣江以西的故乡颇有不快。《南岭粉溪刘氏重修族谱分徙边溪支派》对刘时显"出外世系不能悉载"的记载就是明显的证据。"出外世系不能悉载"，里面包含了多少怨恨、多少不屑。这个人把整个家都搬出去了，他们去了哪里我们可管不着。暂且把他的名字记在这里吧，也算是故乡对这一不肖子孙存了一点儿恩德。

五

然而，无情与冷漠，难道就是给邓汉黻与刘时显们离家出走再不回到故乡举动的唯一解释？事情的真相，会不会有着另一种可能？

比如说，故乡留给他们心中的记忆，并不那么美好。

自古以来，中国人对于故乡的情感浓烈又复杂。我们谈起故乡，既有"君自故乡来，应知故乡事。来日倚窗前，寒梅着花未"的美好思念，也有"近乡情更怯，不敢问来人"的怯弱与无措；既有"葬我于高山之上兮，望我故乡；故乡不可见兮，永不能忘"的渴望和向往，也有"无颜见江东父老"的挫败与畏惧；既有"举头望明月，低头思故乡"的缠绵悱恻，亦有"未老莫还乡，还乡须断肠"的酸楚悲怆。

通常意义上的故乡，是祖母唱着童谣的摇篮，让舌尖怀着永恒乡愁的灶台，让身心放松、月光围绕的床榻，但对不少人来说，那由祖坟、宗祠、村庄等构成的坚硬而封闭的名叫故乡的建筑群，有可能就是高高筑起的债台，是灵魂的审判台，是沉重的枷锁，是巴不得冲出去永不回头的坚硬围城，乃至命运的深渊之地。

贺龙一生不敢回故乡。他曾从故乡举着两把菜刀在故乡湖南桑植闹革命，无数湘西子弟跟着他汇入了中国革命的滚滚洪流之中。可革命成功后，贺龙再没有回湘西一次。他害怕家乡的父老乡亲，父母向他索要儿子，寡妇向他索要丈夫，儿子向他索要父亲。据贺龙的女儿贺捷生将军回忆，20世纪50年代初，共和国刚刚诞生，从贺龙故乡湖南桑植寄来的寻找亲人的信件，就像雪片一般飘落在贺龙的书桌上，而贺龙每读这些信，都会眼睛湿润，叹声连连。因为信件里要找的亲人，大都已经牺牲在了革命的道路上。

赣江以西的我的故乡，属丘陵地带，又是远离政治文化中心的南方边缘之地，气候湿润温和，土地肥沃适合植物生长，历史上较少战火，人们纷沓而来，造成人口极为密集，村庄连着村庄，田地稀少，资源极为短缺，且因处赣江之滨，不时有洪灾水祸，生存就变得逼仄。人人脾气火爆，个个都有一颗不甘示弱的心，因一点点小事大打出手、亲友乡人间相互倾轧算计的事情就时有发生，以血缘为条件向子孙变本加厉索取之事也不算少。如此的逼仄，如此的不可理喻，许多人对故乡的情感，自然会大打折扣。

出生于1912年、离我家五里路远的上陇洲村刘春，在家乡长大到二十多岁。早年因在上海读书开始参加革命，参加了抗日战争和解放战争。新中国成立后，历任中央人民政府民族事务委员会委员、内蒙古分局党委副书记、中共中央统战部副部长等职，是新中国处理民族问题的行家里手。他于21世纪初在北京逝世，享年九十岁。

可是因为他的成分很高的父亲新中国成立之初被村里人批斗过甚，最终承受不住投井而死，他从此再也不肯回故乡。过去他经常与村里人有书信往来，尔后，他不再与故乡发生联系。

离我家十里路远的江头村人肖文玖，同刘春一样也是赣江以西十分知名的人物。1930年，十五岁的他跟着指挥第一次反围剿之余到赣江以西搞调查（《东塘调查》）的毛泽东参加了革命，一生南征北战，历经抗日战争、解放战争、抗美援朝战争，获朝鲜一级国旗勋章、二级国旗勋章、一级自由独立勋章，历任 67 军军长、北京军区参谋长、副司令员，1955 年被授予少将军衔。

可是他从十五岁走出家门，直到 2001 年去世，再也没有回到家乡。村里人猜测，这个六岁丧母、十岁丧父的孤儿，这个从小就给地主家放牛的、因长了连眉被人讥笑为傻子的人，肯定对家乡没有多少美好记忆。因为故乡给予他的，只有孤儿的身世、地主的刻薄表情、众人对他相貌的讥笑嫌恶、饱一顿饿一顿的凄凉不堪……

北宋初年宦游至粤然后选择在粤定居的邓汉黻和明朝中后期举家搬迁到湖南宁乡的刘时显，在故乡会不会有着与贺龙、刘春、肖文玖相同或者相仿的遭遇？

六

不管怎样，邓汉黻与刘时显终于告别了那让他们百感交集的故乡，找到了属于自己的桃花源。按照常理，摆脱了故乡这一长期压在心头的负资产，从此再也不会有人以血缘的名义对他们进行变本加厉地索取，再也不会有人因对他们知根知底而肆无忌惮地欺凌嘲讽，再也不会有天灾人祸降临在他们身上，各种合理不合理的摊派可以不用交了，各种欠下的恩仇义理都可以一笔勾销。他们与故乡从此井水不犯河水。他们要做的，应该就是牢牢守护着新的地盘，以一种创世的激情，与周围的山川河流、土地生灵建立起和悦美好的关系，全力建造起一个理想的根据地，一个完全有别于赣江以西故乡的家园。在那里，一切都是新的，包括乡邻、语言、习俗、成长、生死、情爱……那属于赣江以西故乡的一切，他们完全可以全部放下不复谈起。

可是，深究他们抵达异乡后的种种轨迹，他们对故乡根本无法做到弃之如敝履。那让他们爱恨交加的故乡依然在他们的生活中有着极深的烙印。这不能不让人匪夷所思。

邓汉黻来到了锦田安家落户。他一方面努力向当地人学习生产生活技术，全身心地融入当地生活，另一方面，又在生活中强行植入关于赣江以西的文化记忆，比如他盖起宗祠，把宗祠当作教化子孙的重要场所，把血缘在江西吉水的信息，编成对联深深镌刻在宗祠的大门上，让未来的邓氏子孙，一望就知，长记心间；比如他编撰族谱，在族谱中详细记载自己的故乡白石村的地理方位；比如完全移植故乡的年俗，每到春节，必饮添丁酒，凡前一年生下男丁的人家，必须到宗祠宴请族人饮酒，族人则以书写了祝福的话的花灯回报；比如安排在祠堂摆下刀、剑、戟、弓，教导子孙习武，而其武术招式，与当地并不相同，后来人们知道了，那正是赣江以西的吉水世代流传的南拳之术……

我们从邓汉黻苦心孤诣留下的种种印迹可知，他的内心有着多么沉重的、蛮不讲理的乡愁。20世纪90年代初期，香港邓氏家族的回乡之路，其实在邓汉黻时就已经开始铺设。

举家搬迁到湖南宁乡的刘时显同样为保留自己的来路处心积虑。湖南宁乡县《南塘刘氏重修族谱》载曰："乾隆甲午（1774年）孟陬之月，族人修象鼻山祖坟，得志石于喻氏始祖母圹中，始识始祖时显公之名，而登之谱首。"从这段话中可知，为了让后世子孙知道他们的始祖是谁，从哪里来，刘时显这个老农民左思右想，琢磨出在石头上刻字（"刘母喻孺人，生居江西吉水，适时显公为室""夫妇随男宝出宰于楚之阳（今湖南益阳），落业宁邑南乡六十七都茅田滩"），埋于妻子的墓中。他希望让死亡封存他们，他知道也只有坚硬的石头与同样坚硬的死亡才可以长久珍存他们，不让他们被时光埋没。他相信，总有一天，这一镌刻了他们信息、证明他们存在的石头，会大白于天下，死将会变成生的路标。那时他们的子孙，就会根据石头上的信息，找到他们的来路，续上他们的根脉。

一方面对故乡悲观失望远走他乡，另一方面又在故乡视力所不及的地方对故乡魂牵梦萦；一方面把回故乡的路完全斩断，另一方面又不断在新的驻地暗中埋设关于故乡的信息通道。这是一种十分矛盾的情感。对那样一种与故乡既冷漠又炙热、既绝情又深情、既放逐又吸引的现象，我尝试着命名为"临渊"。

是的，故乡在邓汉黻和刘时显们的眼里，是一座无比危险无法见底的深渊。他们熟知这座深渊的属性，当然知道靠近就可能失足，凝视就可能被吞噬（"当你凝视深渊，深渊也在凝视你"）。他们远离故乡，当然是为了解除自己的失足吞噬之患。可这深渊倒映着自己的前世今生，仿佛磁石，又让他们欲罢不能（那深渊的圆形之弧，对他们的灵魂构成了永远的包抄与围剿之势）。这些自我放逐的天地之间的孤儿，唯有远远地守望着这深渊，既不让深渊将自己吞噬，又不让自己的灵魂因远离深渊而失重失衡。他们的守望之姿，仿佛星空中银河旁边光芒微弱的星子，与银河看似彼此孤立，实际上处于相互吸引又永恒对峙的特殊态势之中。

这种守望无比脆弱，隐含着巨大的悲情，即使时光日久，依然让我们唏嘘不已。

这种守望却也十分坚韧，有着与时间对抗的力量，蕴含了巨大的可能。

西晋"永嘉之乱"和"五胡乱华"，数百万中原汉人纷纷南迁。至今在赣南、闽南、岭南的他们的后裔，依然把自己称作"客家人"，把居住了一千七百多年的迁徙之地当作临时安身之所，把中原当作自己其实永远回不去的故乡，舌尖上依然保留了许多中原古音，就是这种

"临渊"之境的最好例证。

从赣江以西出发的邓汉戬和刘时显，以各种各样的方式保留着故乡的信息，不屈不挠地通过血脉传递着故乡的体温，也是这种"临渊"状态的生动写照。

七

今夜，我所在的"赣江以西"微信群里，一个自称是"谷村人"的网友发出消息，说寻找自己的弟弟李瑞水。他说他的弟弟李瑞水自从 20 世纪 90 年代末的一天突然离家出走，至今二十多年来，依然下落不明。

这一消息迅速激活了许多人的记忆，毕竟当年那件十八岁高考少年失踪的事情在赣江以西闹得声响不小。人们纷纷围着谷村人问这问那，迫切想得到这件事的更多信息。谷村人有问必答，关于李瑞水失踪的后续，随着谷村人的讲述，渐渐有了眉目。

谷村人说，这二十年来，他们一家从来没有停止过对弟弟的寻找。他们想了很多办法，比如通告李瑞水当年读书的每一位同学和老师，恳请大家一有李瑞水的消息就立马告诉他们；比如通过发传单的方式，持续把李瑞水的信息广泛发送给出门在外的乡党，希望有一天能通过他们捕捉到李瑞水的蛛丝马迹；比如多年来都保留了拜菩萨的习惯，希望无所不能的菩萨能有一天以托梦的方式给他们透露哪怕一丁点儿关于李瑞水的信息。可是最终，他们的愿望都落了空。

他有没有可能已经不在这世界上了？毕竟生命脆弱、人生无常，报纸或电视爆出的误入传销、染上毒瘾、加入犯罪组织，以及疾病、车祸等等都可能让人消失得无声无息。当他们已经对他依然活在这个世界上不再抱希望，可十年前的一天，他们村一个在广东东莞打工的人在石碣镇的一个夜宵摊上看到了他。

在东莞打工的村里人的确没有看错，他看到的是李瑞水而不是别人，他说出的许多特征，比如高矮、胖瘦、左眼下的一颗泪痣，都与李瑞水的特征毫无二致。开始他还不敢确信是他，尝试着用家乡话叫他的名字，结果得到了他的积极回应。他们有过一段短暂的交谈，村里人说十年了家里人到处都在找他，他怎么就不回去看看？他问了家里的一些情况，比如屠户父亲以及母亲的身体，兄弟的婚姻生育，然后说处理完手头的一些事他就回家，其轻描淡写的样子，好像他刚刚才从故乡离开。他们交谈了几句之后，他就迅速回到自己的桌子上，那上面坐着的他的同伙，在夜宵摊的灯光下面目模糊，看不出是恶是善，也几乎不发一言，听不出是本地人还是外地人。一会儿之后，趁着村里人上洗手间的工夫，他们就倏忽不见，他们坐过的桌子上，杯盘狼藉，座椅上似乎还留着他们的体温。

同村的年轻人立即给李瑞水的家里打电话，详细告诉了他的所遇，告诉了夜宵摊的具体地址：某某镇，某某街道，某某门牌号。等到做哥哥的连夜坐火车赶到东莞石碣镇，来到同村人昨夜见到弟弟的夜宵摊前，可哪里还有弟弟的影子？听着应声赶来的同村人翻来覆去地回忆昨晚的相遇，想起弟弟如此绝情，而全家人因他的失踪忍受的诸多苦楚，做哥哥的再也忍不住，在异乡的街头失声痛哭。

——微信群里的南昌乡友们纷纷热心地讨论着。李瑞水为什么不回家？他是对故乡心怀人们所不知道的怨恨，多年了这怨恨还没到放下之时，还是因为他一事无成，无颜见家中父兄，或者是已被迫走上了一条与返乡背道而驰的不归之路，他自认为已经失去了回家的资格？他结婚生子了没？他是否改了姓名与籍贯？与他一起的那一群人，是萍水相逢的同伴，还是绑架他的命运的凶手？

可是，李瑞水不现身，这些问题是没有答案的。

没有李瑞水的踪影，李瑞水的一家依然没有放弃对李瑞水的寻找。当然，又是十年，他们依旧是落了空。毫无疑问，要找一个费尽心思躲起来的人，是一件多么不易的事情。

可是现在，他们一家加大了对李瑞水的寻找力度，几乎所有的近亲都加入到这无望的寻亲队伍之中。因为李瑞水的屠户父亲快要死了，这个可怜的人，二十年来一直把自己当作一名罪人，一直认为是自己的几句责骂把儿子逼出了家门。他认为落到今天的地步是老天爷因为他杀生太多给予了他惩罚，从此再也没杀死过哪怕一只蚂蚁。这个一贯爱开玩笑的人，二十年来再也没有说过一句有趣的话。他迅速消瘦下去，只剩下一把老骨头。他快要死了。他告诉家人，他死前的唯一愿望，就是见到他养大到十八岁的儿子。他想当面请求他的原谅，不然他会死不瞑目。

谷村人说，你们有谁看到我弟弟李瑞水了吗？如果看到了就请帮我转告一声，说我爹快要死了，能不能请他回一趟家！请告诉他只要能见上我爹一面，他想去哪儿我们谁都不会拦着他。他有啥过不去的，我们全家帮着他！

说完，谷村人发出了几张照片。

照片有些泛黄，照片里的人依然是十七八岁时候的样子。他的头发很长，遮住了前额。他的表情充满了他这个年龄段惯有的桀骜不驯。他的眼神不可一世，充满不屑，又仿佛心怀怨恨，有如刀片般锋利。

那眼神如此年轻，在无数的少年眼里，我们都看到过这样的眼神。

可那眼神又如此古老。我想"永嘉之乱"后南迁的人群，从赣江以西出发的、一千多年前的邓汉黻，和五百年前的刘时显，都会有一副如此的眼神。

夜深了，围观的人们都如水散去，微信群里一片沉寂。那几张泛黄的照片，在微信的窗口，仿佛大海上飘着的几张命运无着的落叶。

我却没有睡着。我想起五百多年前拖家带口离开家乡的刘时显，以及一千多年前"宦游至粤"的邓汉黻。我想起他们与故乡的关系。他们让我对李瑞水并不绝望。我想不管什么原因，不管李瑞水背负着怎样不堪的命运与怎样沉重的负罪，他的乡愁都会是永远的在。他永远会在心底给自己的故乡留一个角落。毫无疑问，即使现在有诸多不便，若干年后，他会以属于他的方式，或者以衰老不堪的肉体，或者以历经苦难的灵魂，或者以此生，或者以来世，踏上回乡的路。

而故乡，仿佛一名性情乖戾却不失慈蔼的母亲，不管经历多少岁月，总会对她在外久久不归的游子，怀着永恒的守望之心。

回乡记

一

我的伯父曾水保在赣江以西是个颇有些声望的农民。他是我的故乡下陇洲村大曾家庆字辈的老大,是村里管着电力的师傅,是掌握了多种生活技能的能人……反正,是十里八村的乡亲们离不开的一个人。

可伯父还隐藏了另一个身份。他家的箱底,还压着他一张中专学校的文凭。他是怎么从一个正儿八经的读书人,变成一个地里刨食的农民的?他的人生履历上,发生了怎样惊天反转的剧情?这事需从五十多年前说起。

五十多年前,高中毕业、心智过人的伯父,考入了地区主办的一所四年制中专学校。在四年的学习时间里,伯父担任了学生会文体部长之职,并且品学兼优。对这样优秀的学生,人人都会认为会有一个好前途在等着他。据说已有消息传出,学校有让他留校的打算。即使留校不成,他成为县农业局技术干部也是毫无悬念的事。那时正当少年的共和国百废待兴,伯父这样优秀的年轻人,正是国家基层最需要的人才。

可是伯父做了一个让无数人无比遗憾的选择，回家当了农民。究其原因，乃是伯父有一名极其迂腐、固执的过继父亲。是他在伯父念书的四年时光里，不断地催促着伯父回乡。随着伯父的毕业临近，这种催促更是变得一日紧似一日。

伯父的过继父亲（即我的大祖父）催促的理由可笑至极。他曾因误食草药造成终生不育。按照老理儿，他的亲弟弟（我的祖父）把大儿子过继给了他。大祖父把伯父养大成人。可能是不育造成的畸形心理，大祖父天天做着得陇望蜀早日抱上孙子的美梦。在他看来，是否成为有国家身份的人并不重要，哪里的黄土不埋人？只有延续香火儿孙满堂才是人生最最重要的事情。读完四年中专的伯父已经二十二岁，生儿育女的事是再再不能耽搁了。他已早早为伯父准备了亲事，并且在伯父的几个假期里威逼着伯父走完了结婚前的所有程序，只等着伯父一毕业就回乡结婚生子。伯父稍有不从他就以死相逼。摊上了这样的父亲，伯父还能怎么样呢？

有着忠孝传统观念的伯父只有回乡。他的考虑是，自古忠孝不能两全，那就先尽孝再尽忠，等完成大祖父交办的事就再回城工作，他有文化有知识有技术哪里不会要？虽然是主意已定，可伯父回乡的路上依然是一万个不甘。那条联系着故乡与远方的无名公路应该依然记得他回村的影像：他挑着书箱，踉踉跄跄地在路上走着。由于走了几十里远的路，他的一身都浸在了汗水里，湿漉漉的头发紧贴着前额，可他一点也没有把头发捋上去的意思。路上有人和他打招呼，他也懒得回应。他的步履有着他这个年龄不该有的沉重，好像他的此行目的，不是他的家乡，而是一个他举目无亲、前途未卜的异乡。

二

伯父一回到村里，就加入了村里的集体劳动，挣取可以兑换口粮的工分。同时，他遵从大祖父的安排成了亲。——他给自己取名"庆潜"。赣江以西的风俗，结婚时要给自己取一个大名，以供列入族谱、婚礼上张贴之用。他是"庆"字辈，他让一个"潜"字成了他的名——毫无疑问，他把自己当作了一个暂时潜伏在此的卧底。

新婚的伯父并没有多少初为人夫、初尝云雨的喜悦。他结婚没两天就下了地。这个学习优秀的中专生，也是一个干农活的好手，抄犁打耙样样都拿得起放得下。他像个真正的农民那样，在田地里肩挑手提，挥汗如雨。并没有花费多少时间，伯父看起来就跟真正的农民没什么两样了：他的原本白皙的肤色跟村里的乡亲们一样变成了酱紫色，原本洁净的衣服沾满了泥点与灰尘。农事繁忙苦辛，为了打理方便，他把原本三七分的帅气发型剃成了乡亲们最常见的平头。他的手上布满茧子。他的裤脚从早到晚都胡乱挽起，腿上总是两脚泥巴。如此形象的伯父，哪里还有一丁点儿读书人的样子？

可只有伯父知道，他没有一分钟忘记自己是一名读书人，他依然对远方怀着最初的信念。他一直坚守读书人的品行，从不当众袒胸露乳，从不污言秽语，从不向女人说哪怕一句轻薄的话。他还从不停止读书。每到夜晚，不管自己多困，明天的活儿多重，他都会打开书本阅读。那是他从学校带回的教材，以及已经在城里上班的同学给他捎来的新书。他在一盏脏兮兮的煤油灯下阅读。夜色无边，伯父在灯光下阅读的样子，多像茫茫大海中拒绝沉沦的岛屿。

我年轻的伯母经常在夜晚望着灯光下沉默的背影难以入眠。在她眼里，这是个心比天高的人。老实说她不懂他。鉴于他的自我封闭及不识字的她有限的理解力，她没法懂他。她隐隐感觉到他的心另有所属。她最大的担心是，说不定有一天，他就会抛弃她，然后远走高飞，就像与他们家一巷之隔的我的堂爷爷曾文治那样。

我的堂爷爷曾文治，也是一名读书人。他在家乡早有妻室，并生有一子。可在几十年前，眼看乾坤初定，新中国建立在即，他毅然与农村不识字的妻子离了婚，把儿子丢给在老家的父母，北上武汉成了某机关文员，又重组家庭，据说已经做到了一家国营大型企业的中层。村里人对他的评价褒贬不一：有人说他为村子争了光，该上光荣榜；有人说他心太狠，太没良心，抛弃了结发妻子和孩子，是个该遭唾骂的陈世美。可怜他的儿子，在村里就像个没爹娘的孩子……

夜更深，伯父的阅读正入佳境。他的影子正好遮住了在床上假寐的伯母。这影子仿佛一座沉重的大山，压得我伯母喘不过气来。

三

可伯父没有能立即离开村庄。他生下了一个女儿，又生下了一个女儿。不久，他因一次偶然的事件卷入到村庄公共事务当中。

事情发生在双抢的节骨眼上。所谓双抢，就是夏天时抢着把熟了的早稻收割上来，又抢着把收割后的地重新抄耙，把晚稻秧苗栽下去。之所以要抢，是因为早稻熟了后立秋就将到来，农业讲究时令，如果不能在立秋之前把田地抄耙开来，把秧苗栽下去，那晚稻就会大面积减产，全村人的口粮就会成为问题。而要把时令追抢到手，灌溉就是一个非常重要的环节。

村庄的灌溉平常依靠的是全村勒紧裤带置办的一套电力设备。这设备就安装在村庄几百米远的赣江边一个叫排灌站的小屋里，由专人掌管。设备运转了好几年，从来也没有出过故障。可这年夏天，设备的发动机停止了转动，直接探进赣江的长长的铁管黑如深渊，抽不出哪怕一滴水。

天气炎热，太阳当空，万里无云，蝉叫得人心烦意乱，整个天地间干得仿佛擦根火柴就可以烧着。想靠老天下一场暴雨来解渴毫不可能。想靠村里水量不多的几口井也不可能。全村上千人因此停了工。而立秋一天天逼近。村支书孔明清急得满嘴泡，可村里半桶子水的电工满手污黑却毫无办法，他的嘴里嘟嘟囔囔，显然是为了掩饰内心的无措和焦虑。

有人抱着死马当活马医的态度向孔明清推荐了伯父。伯父穿过孔明清狐疑的目光来到了机器面前。他用耳朵听了听里面的动静，然后将一把起子十分果断地伸向了机器的某个部位。只几分钟，机器就迅速恢复了正常，原本黑洞洞的排灌管口在人们的欢呼声中哗哗哗哗地往外冒着水花。

设备的成功修理让伯父在村里名声大振，可这对伯父来说不过是小菜一碟。他在学校学的是农机专业，他是一个可以把拖拉机全部拆开又重新完好安装的人。在一个小小村里，有什么样的电机问题可以难倒他呢？

事后，村支书孔明清毫不犹豫地把村里最重要的财产——赣江边的排灌站的钥匙交给了伯父，同时交给他的，还有村庄整个电力系统的维护权责。

这是让所有人羡慕的一项福利。想到自己可以无须参加形同苦役的田间劳动，伯父暂时接受了这一项看起来不错的工作。他因此得到了一件新的行头。那是一套电力工具袋，它装着老虎钳、起子、扳手、电笔。伯父每次出行都会煞有介事地将它绑在腰上。当有人戏说他看起来仿佛是电影里执行特殊任务的侦察兵，或者随时准备去堵枪口或托起炸药包的英雄，他总是用满不在乎的微笑回应。

四

承担了全村电力维护之责的伯父经常一本正经地在村里晃荡。他要随时查看村里的线路，更换某个插座里烧断了的保险丝，让某个调皮松动、心怀不轨的螺丝重新入座。他要在一个会议前把会场的照明问题处理好，在一场骇人的风雨雷电过后重新检测好村里的变压器是否受损，电线有没有被风吹落。村庄因为伯父是有福的，原本千疮百孔、乱七八糟或者乖戾暴烈如虎豹的电力系统，在伯父手上，变得就像猫一样温驯，像书本一样整齐。

从此伯父经常一个人待在赣江边的排灌站小屋里。他甚至在小屋里放置了一张小床，夜里也常在那里睡觉。他给伯母的理由是，排灌站里的设备需要看管，村里把这么大的事交给他，责任如山，他得时不时地守在那里。

而真相不过是伯父想要给自己一个独处的空间。他要读书、思考。他要独自理一理自己凌乱的心。他要好好想一想，几年的乡村生活，婚姻、生育、劳作，是不是已经把他的心磨起了茧。他要问问自己，他对离开村庄到远方去的信念，是不是有所减弱。

午夜的灯光下，伯父在一点点地厘清自己。他发现他依然是那个执着向往着远方、愿意到更大的世界建功立业的人。无论怎样的孤独与辛苦，都没有动摇他对远方的信念。那种老死山乡的活法，他以前不会有，以后也不想有。而且，他还有的是机会。只要他愿意离开，他的老师和已经在新的岗位上干得风生水起的同学，随时可以给他搭把手。

伯父发现，他与他的堂叔曾文治其实是同一类人，怀着同样的向往远方的决绝的心。他之所以不能像堂叔那样一骑绝尘，乃是因为堂叔有一个弟弟在家可以照顾父母，而他是大祖父的过继独子，对继父继母尽孝是他无可推卸的责任。而给依然年富力强的大祖父生下一个活蹦乱跳的孙子，就是他近期尽孝的最好方式。

伯父经常在月光下走出排灌站，看着不远处的那条进出村庄的唯一的路。它如此简陋，坑坑洼洼，仿佛喝醉了酒一样深一脚浅一脚。它两旁的草丛污秽而蓬勃。可是在伯父眼里，它是可以将他射向远方的一支响箭，是可以渡他到理想彼岸的一根苇草。它的不远处就是繁华的小镇西沙埠，也是千里赣江的一个古老码头。那里岔道众多，可以通往县城、市府、省城，乃至无数的有名和无名的远方。伯父会在月光下望着这条仿佛可以通向云端和天际的路，历数这些年来从这条路上走出村里的人们：他的堂叔曾文治去了武汉；住在村中心礼堂边的地理先生孔冠德老人的儿子孔三豆，因为考学去了衡阳的一家大型国有企业；住村北边的刘令香因为当兵提了干，复员在县公安局当了一名公安；他的另一个堂叔曾学易，当兵去了鄱阳，后来做了一名狱警；与他家毗邻的曾昭明，也是通过当兵去了新疆，成为村里走得最远的人；村中心井边的刘学稷，因读书成了整个吉安地区知名的教书先生，成为学问深厚、人人敬重的儒者……

皓月当空，不远处的下陇洲村阴影重重。伯父背后的赣江在月光下如水银泻地，美丽惊人。可伯父几乎没有看她一眼的心思。他只是反复盯着不远处的那条路。他要时时守着这条未来可以渡他远行的路。

他担心自己一转身，它就消失不见，从此自己的未来无可凭依。

简陋的排灌站悬浮在赣江边，仿佛一座因害怕失足落水而紧紧扒住堤岸的小小孤岛。

五

伯父生下的第三个孩子依然是个女娃——这真是一件让人哭笑不得的事儿。大祖父如丧考妣。满脸羞惭的伯父不断地给自己打气：自己总会有时来运转的一天。要不了多久，那个他们期待的带把的孩子，就会呱呱坠地的。

可接下来发生的事情出乎所有人的预料：我的大祖父自杀了。

因为我的曾祖父起早贪黑省吃俭用购置了几亩薄田，20 世纪 50 年代初他被打成了地主，到 60 年代中后期，我的整个家族因此陷入了长久的劫难之中。我的祖父——伯父的亲生父亲经常被村里人拉到台上接受批斗，我的父亲和几个年幼的叔叔都在全村人的欺凌白眼中压抑度日。大祖父不仅是曾祖父的长子，以及村里一家并无多大规模的杂货店的掌柜，他在解放前还有过当伪保长的经历。这样的出身与经历，自然让村里人对他的批斗和惩罚变本加厉。

大祖父被五花大绑，被人按着头站在台上。台下，那些曾经见到他无比恭敬的乡亲，挥动拳头声嘶力竭地喊着打倒他的口号。鞭子带着呼啸声抽打在他的脊背上。他看不到他的脊背血肉模糊，但是痛楚此时席卷了他的身体和精神。

看着台下那些张开的黑洞洞的嘴唇，大祖父忽然有了一阵深深的倦意。这个读过私塾在村里算是有些学识的人，曾被村里人认为是全村最精于算计、善于与各种各样人物周旋的人，这个从来就自以为是的粗暴家长，突然对这世界失去了算计的兴趣。他看到了茫茫人世间的荒凉本质与人心的不可测量。他愤怒于命运对他的百般作弄。趁着有一天全家人不在，他爬到楼上，用一根绳索结束了自己的生命。

闻讯赶回的伯父把大祖父背下了楼。长长的舌头耷拉在他的肩头。那是大祖父一条还没说出的遗嘱，更是一条抽打他的鞭子。——很长时间以来，伯父甚至认为自己也参与了对大祖父的谋杀。如果能让大祖父早日看到期待已久的孙子，大祖父的心是不是就不会那么寒凉，他是不是就会有力量撑过去，死对他来说就不是一件那么容易的事？

埋葬了大祖父，伯父更是常常坐在赣江边的排灌站小屋里发呆。他看着左边的村庄，和右边的可以通往世界任何一个角落的西沙埠小镇，以及村庄与西沙埠小镇之间的那条路。它们在伯父面前组成了一个吉凶未卜的棋局。伯父不知道自己该如何下这盘棋，才能让自己在这乱局中获得平安。

伯父知道，大祖父离世，这世上已经没有能阻碍他进出这条路的人了，他应该可以背起行装大踏步向前走，以实现自己多年的夙愿。可是，大祖父的离世，他要肩负的责任又比以往重了许多，整个小家庭的生存成了问题，他怎么可以一走了之？再说了，他是地主的长孙，是一个自绝于人民的坏分子的儿子，这世界怎么还会有地儿容得下他这样的一个人呢？

那些走出村庄的英雄的消息从这条路上源源不断地传来。他们的境遇普遍不太好：著名儒者刘学稷被打成了反动权威；在武汉工作的堂叔曾文治已经靠边站，他在解放前的经历正被调查；在衡阳工作的孔三豆也受到了冲击，据说已被隔离审查；鄱阳监狱的狱警曾学易暂时是安全的，但他传出消息说监狱已经人满为患；在新疆的曾昭明处境如何，因为距离遥远不得而知……

如果伯父当年没有听从大祖父的催促回到家乡，因出身问题，他的处境可能比这些在外的任何一个人都要艰难。游街、批斗、鞭笞……外面死人的事情几乎每天都在发生。他会比大祖父坚强些吗？伯父想都不敢想。

而让大祖父走投无路的赣江以西下陇洲村，却是让伯父得以安然藏身的福地。这让人几乎不敢相信，但的确是事实——在整个下陇洲村，没有一个人会指认其实他也应该是被批斗被鞭笞的对象，是这个从老到幼都应该被钉在耻辱柱上的家族的成员之一。所有人似乎都接到了封口令。他是地主的长孙，同时更是这个村庄的功臣，是掌握了村庄核心技术的电力维护专家。他是畏罪自杀的伪保长的过继儿子，同时更是村里离不开的角色——上级命令每个村成立文艺宣传队，那些手握大权的人束手无策。在学校曾担任文体部长的伯父在短时间内就把一群僵胳膊硬腿的笨拙农民训练成有模有样的文艺演员，并自编自导节目，参加公社演出获得了名次，让全村在全公社出尽了风头。

望着不远处变得无比乖戾的村庄，想起早年他在大祖父的催促下的回乡之举，伯父有了劫后余生的庆幸之感。他想着既然命运把他搁浅在这里，自然就有它的理由。那就让他继续在这里利用自己在村里的特殊地位，勇敢地担当起船长的角色——我的家族此刻就像一条风雨中的破船，随时都有触礁解体的危险。

1970年，我的堂哥繁生出生了。他是我的家族"庆"字辈下的"繁"字辈的第一个男丁。看着堂哥两腿间的小雀雀，想起大祖父的心愿和死，想起自己这近十年尴尬而屈从的运命，伯父不禁悲欣交集。

六

20 世纪 70 年代中后期，我的家族终于走出了深渊。整个错位的世界重新归了原位，又开始驶入了一条新的轨道。报纸上到处都是拨乱反正、落实知识分子政策、改革这样的字眼。村里的田埂上，干部们忙着拿工具测量田亩的面积和质地。不久，村里的土地分配给了各家各户。一个新的时代来临了。

伯父的一家分到了属于自己的田地。这时候的他，已经是十口之家的家长了。堂弟繁根和两个妹妹先后出世，养活他们成了伯父最重要的任务。伯父比以前更忙了。他依然要管理整个村庄的电力，为全村的农田灌溉、照明服务，同时又要领着全家老小下地劳动。他是一个读书人，更懂得耕作的原理。他种的地，比别人要多收不少粮食，他家养的牲畜，也总比别人家壮实。他家的生活，比起别人家明显要好一些。

伯父差不多已经忘了自己是一名在国家留有档案的人了。有一天，伯父的家中来了两个陌生的人。他们穿着整齐的中山装，胸口的口袋别着钢笔。他们操着外乡的口音，用的是与村里农民完全不一样的口气。他们是上面派来的。他们查阅了 1962 年伯父就读的中专学校的档案，了解了伯父的动向。国家正在落实知识分子政策，伯父正是该落实的对象之一。他们问伯父是否愿意离开家乡去新的工作岗位上发光发热，重新为国家的建设出一份力。

老实说，从那两人进门开始，伯父就从他们的打扮和口音闻到了一种远方的气息。那是他久违的气息。他顿时记起自己其实是一名长期潜伏在故乡的人，而此刻他们通过言辞、穿着和举止，暗示他有着另一个组织，并向他发出了接头的暗号。为了这一刻，他已经等了十余年，他等得太久太久了。

伯父找来了他当年的书箱。他打开，翻出了当年的毕业证书。那是他的青春与才华的证明，是他心仪的远方的通行证。他满以为它会一直崭新如昨，可他发现，那原本挺括的毕业证书已经被老鼠、蛀虫和莫名的水渍弄得面目全非。毕业证上，他早年的照片也已经模糊不清。

就像毕业证书无法保留原样，伯父发现，他已经无法背起行囊响应远方的呼唤奔向远方。他已经是年近不惑的人了。他已经背负了太多的东西。他是七个孩子的父亲。他还有寡居的过继母亲与目不识丁的妻子。他如果出走了，那这一大家子谁来养活？他一个人的薪水只能是杯水车薪。而留在村里，家乡的田地及其他资源可以让他们活下来。再说，家乡一千四百多人的电力维护，谁来接手？电这个可以随时置人于死地的危险东西，会趁他不在搞出什么幺蛾子？他离开了，可能是他一个人过舒坦了，那全村人的生活，会受到怎样的影响？他是个读书人，当然应该以勇于担责和服务大众为要义，怎么可以随便撂挑子不干了？

伯父想起十多年前他挑着箱子回到家乡的情景。他现在才意识到，那条弯弯曲曲、坑坑洼洼的路，不是可以渡他到理想彼岸的一根苇草，而是一根将他扣为人质的绳索。

伯父想起十多年前明清书记交给他的工作。他现在才意识到，那个他常常绑在身上、让他看起来像战士和英雄的电力工具袋，不是英雄的标志，而是囚禁他的镣铐与枷锁。

伯父向着来人无奈地摇了摇头。

七

之后的日子，在人们的印象里，伯父十分坦然地接受了在家乡当一名农民的命运。人们发现，他把锄头砸进泥土的动作要比以往狠一些。他低头看路的时候越来越多，抬头眺望的时候越来越少。他不再像过去，独来独往，寡言少语，而是与村里人打成一片，喝酒吃肉，插科打诨。他的眉头越来越舒展，那些怀才不遇的烦忧都已放下，目光里越来越有了认命的成分。他早就把排灌站小屋里的铺盖搬回了家，以此表示他已对世界不再存有非分之想。他越来越愿意倾听村庄的声音，相比过去那些他所热衷的不着边际的国际国内大事，村子的土地上的刮风落雨、生老病死似乎更让他上心一些。

伯父全力投入到对自己一大家子生活的照料之中。赣江以西的农村人多地少，分田到户激发了乡亲们的干劲儿，可靠着田里的收成只够温饱，伯父着手培养自己多方面的技能，以挣取生活所需的更多资费。他是赣江以西闻名的爆米花匠，每到春节将临就挑着爆米花机到赣江以西的十里八村打爆米花。他还是村里有名的地理先生，20世纪60年代末，他曾被住村中心礼堂边的地理先生冠德老人挑中，冒着被发现的危险偷偷把阴阳之术传给了他。冠德老人死后，为婚丧嫁娶挑选吉日良辰和为阳宅选风水自然就成了伯父的重要工作。他还是乡村族谱延修的技术顾问。20世纪90年代，赣江以西流行重修族谱，伯父从家乡曾姓族谱的修缮中悟到了族谱的延修之术，之后经常被各个村子请去担当起族谱延修团队的总指挥，为赣江以西的人们整理瓜蔓血脉，在别人家的村子往往一待就是十天半月……

伯父还全力介入到村庄的大小事务之中。他是个读书人，在大多数人都是文盲的村子里，他的作用无法替代。除了整个村庄的电力维护需要他，村子里的大小事项都需要他到场：那些有人在外面的人家需要他帮着写封信，那些讲不清道理陷入争吵的人需要他帮着理一理是非黑白，那些生了娃的人需要他给娃取一个好名字，那些买了种子、农药或肥料的人要他再详细讲一讲特性和用法，有婚丧嫁娶事的人家要他帮着出出主意，家里出了逆子赌棍的需要他去帮着管一管……

伯父走在为乡亲解决电力事故的路上，或者端坐在村庄婚丧嫁娶的现场。天大的事他都能处变不惊。再混乱的场面他都显得如水平静。在人们的眼里，他多像古老部落里的酋长：个子高大魁梧，皮肤黝黑，目光坚定，具有强大的道德自律力与场面驾驭力。他的神情里兼具首领的镇定与菩萨的慈悲。他赢得了全村人的信赖，比他辈分大和与他同辈的人都称他为"老大"——那不仅仅因为他是我们村曾姓"庆"字辈最年长者，更因为他是人们愿意托付、值得尊敬的人。

八

伯父在家乡安身立命，也似乎甘之如饴。可是由此就认定伯父绝了远方之念那就大错特错了。几十年来，伯父总是时不时地露出他对远方的惦念与不舍。这样一份情感，坚韧而无望，随着伯父的年岁渐长越来越让人动容：

20世纪80年代末，伯父用他多年的积蓄盖了一栋两层楼的房子。房子建好后，他爬上楼梯在门头上用蘸墨的毛笔写下"潜志"两字。他向人解释说这是取自他和伯母的名字。他族谱上的名为"潜"，而

"志"的确是伯母的名字。可是它们写在门头这么重要的位置，难道不是欲盖弥彰地表达他的心志，他对自己滞留家乡的不甘？

——在我和堂哥繁生很小的时候，他就不断地用远方诱惑我们，经常告诫我们要走出村去，要去更大的世界闯荡。他总是说，好男儿志在四方，糟男儿留在家乡。1986年我和繁生同年考上师范，这本不是什么值得显摆的事情，伯父竟怂恿我父亲和他一起大操大办，请来村里的头头脑脑及亲朋好友来庆贺。他还郑重其事地带着供品及香烛、鞭炮领着我们来到山上，要我们跪在大祖父和才死去不久的祖父的坟前。鞭炮炸响，香烛点燃，他领着我们对着两位长辈的墓碑念念有词：请你们多多保佑儿孙幸福平安。咱大曾家几代人，终于有人走出农门，端上了国家的饭碗！

——他反复向他的儿女灌输读书的理念。他经常告诫他的儿女，砸锅卖铁也要教儿女读书。只有读书，才能让他们知道不仅有着老家的一亩三分地，还有远比家乡更为宽广的远方。他把他的孩子一个个都送进学校，虽然最终以考试走出乡村的只有繁生堂哥一人。他的孙辈们在读书上你追我赶，纷纷考上了大学，毕业后留在了不同的城市。这等于是，他们接过了他的火炬，帮他完成了走出村庄的夙愿。

——他与村里几乎所有在外工作的人们都匪夷所思地保持着亲密联系。他们回乡省亲，都会到伯父家串门。伯父呢，就会换上一种与在平日完全不一样的郑重语气，话语中还不断夹带大量的、不土不洋的书面词汇。20世纪80年代中期，我们村著名的儒者学稷老人退休返乡安度晚年，伯父成了他身边最为亲近的人。他帮助老人修葺祖屋，为老人担负起掌墨裁纸的工作，同时揽下了为老人购买花钵、到小镇邮寄信函等日常事务，经常给老人送上新鲜的蔬菜、鱼肉，刚收获的花生、麻油……他爱赖在学稷老人的家中，听学稷老人讲着自己的过往、见闻。老人去世的那天，他跪在棺木前，把头磕得砰砰响，哭得比老人的儿子还要伤心。人们不能理解，何以他对这个与他其实并无血缘和亲缘关系的老人如此恭敬？这个经历丰富、蓄满了远方风雨的老人身上，到底有什么让他着迷？

九

岁月无情，转眼就到了 21 世纪初。伯父已是古稀之年的人了。伯父以为依他这样的年龄，此生应该再也不会与远方有何瓜葛，一切恩怨随着晚年的到来都得到了清算，他与远方的暗恋纠缠早就到了该放下的地步，整个世界在他眼前应该是一幅平静无波的镜像，不料，远方正式向他发出了邀请，命运再次给了他出走的机会。

这样的机会乃是拜与伯父年轻时不一样的新的时代所赐。随着改革与开放的渐次深入，人们纷纷走出村子，奔向异乡的城市。过去只有考学与参军才被获允的离村进城，现在变成说走就走的便当事。进出村的那条路显得拥挤而喧嚣，路两边的野草更加污浊而蓬勃，到了春节前后就更是如此。

二十岁的人离开了村庄。三十岁的人离开了村庄。四十岁的人离开了村庄。五十岁的人离开了村庄。……原本人声鼎沸的村庄，顿时变得寂寥起来。随着大量的青壮年离开了村子，村庄变得不完整了。村里的医生孔野德去了县城，开了一家私人诊所，听说生意好得不得了。可村里人生了病，就必须去三里路远的西沙埠小镇了。村里的老屠户曾生保已经老得提不起猪的后腿了，年轻的屠户刘润生到城里打工去了，村里没了屠户，要吃猪肉就必须去小镇上了。……全村的户口簿统计的人口依然有一千四百多，可掰指头算算，依然留守村庄的，只有两百多人了。

伯父就是这两百多人中的一个。当然陪着他的还有同他一样老的伯母。而他的亲人们，都已经离开了村庄进了城：他的所有儿女都已经在县城购房居住。我的堂姐妹们通过打工都已在县城安家落户，当教师的堂哥繁生更是把家安在了县城。在省城做家具修理师的堂弟繁根把房子买在市里。除伯父之外，我的父辈们也都已随了儿女在离家几十里外的县城居住。在故乡的伯父，真真成了孤家寡人了。

伯父的兄弟和儿女们纷纷劝说伯父到县城生活。伯父思索了一番决定成行。通往城市的那条路本该是他的路。那座村里无数人抵达的城本该是他的城。他想着他到晚年有了出行的机会，不过是命运给他的一次迟到的补偿。老天爷之所以把他年轻时的机会给夺去，说不定就是特意为他保存着，等他到晚年时再还给他。

伯父把家里的铺盖、洗刷用具打了包，仔细挑了个黄道吉日，租了一辆面包车，踏上了通往县城的路。车开动，他徐徐打量车窗外的世界。那是他憎恨又感恩的乡土，是曾经贫困潦倒却又人声鼎沸、生机勃勃的生命场，是他心怀不甘却又无怨无悔为之服役的灵魂居所。如今，它已衰老。今天他隆重出行，路上竟然空无一人，只有远处的一条狗抬起头朝着他望了望，又继续把头缩进蜷着的身体里。

车驶过了村口。伯父把视线投向了不远处的赣江边的排灌站小屋。那是曾经安放他的灵魂的地方。现在，它孤零零地站在那里。他知道它已颓圮。如今的村庄，已经没有人种地了，当然也不需要灌溉。当年全村节衣缩食买下的轰轰作响的排灌设施早已废弃，被当作废铁卖给了废品收购站。那间曾经被村里视为心脏一般的排灌站小屋，已经徒有其表、形同虚设了。想起这些，伯父不免有些伤感。而面包车似乎懂了他的心意，速度明显加快了许多。它跃上一个陡坂，穿过了西沙埠小镇，快马加鞭地向着县城奔去。

伯父与伯母来到了城市，他们住进了堂哥繁生的家里。堂哥与堂嫂忙于上班，伯父和伯母每天要承担照料自己生活的工作。伯父并不缺乏城市生活经验，除了早年读书，作为村里的电力维护专业人员，他要经常到省城、市府出差购买电力设备，县城更是经常往来，所以面对城市并不显得有何局促。伯母是个十足的乡下人，在各种电器煤气设备面前多少有些手忙脚乱，但因为有伯父的帮衬，事情总不会坏到哪里去。他们与儿子媳妇的饮食口味和生活习惯不同，可因为是至亲之人，总归有相互忍让和谐共存的空间。菜场买菜、超市购物也不会有多少障碍，在里面的买方和卖方也大多是来自乡下的人们，有些甚至是与他们的口音毫无分别的同乡。经过一段时间的适应以后，他们感到城市生活远不像他们最初想象的那样不易，两颗心也就放松了下来。

伯父与县城有了一段蜜月期。他与伯母发现，在城里生活的最大好处，就是过去那些散落各地的亲人，现在触手可及。他的几个在城里居住的女儿女婿，会隔三岔五地来探望他们。过去曾患难与共、相濡以沫的兄弟们，现在经常以做寿、孙辈生日等理由聚会，说着家长里短的闲话。有时候在菜市场买菜，冷不丁有人叫着他们的名字，一看竟然就是本村进城的乡亲。那一瞬间他们竟有了依然在村里的错觉！

伯父还有了与他早期的中专时的同学往来的机会。他们有的当了县长，有的当了局长，也有的做了技术专家。现在他们都已退休，时光消弭了他们之间的距离，他们似乎重新回到了当年的课堂。他们经常邀请伯父聚会叙旧。他们谈起当年伯父的种种优秀表现及后来的际遇，谈起许多不在眼前的故人，都对人世间的种种变故唏嘘不已。他们依然恭敬地称呼他为文体部长。聊起五十多年前的往昔，他们苍老的面庞上，竟然浮现出少年才有的激情和红晕！

可是这样的蜜月期并不长久。伯父慢慢感觉到了哪里不正常。他越来越没有了精气神。起先他埋怨的是堂哥的家在五楼，每天上下楼让膝盖吃不消，没有在村里住一楼那么舒坦。然后，他感到他的内心被一种叫空的东西占满了。那是一种类似于被虫子噬咬的难受感觉。那是一种无所事事、一无是处的空，一种寄居他乡、形单影只的空。虽然有那么多熟悉的人，可是伯父依然感到空虚和孤独。那也是一种无力之感。他发现在城里的自己对每一个新的一天都不抱期待。他走在干净硬实的街头越来越感觉到脚步飘忽，远不像走在牧乡污秽的、坑坑洼洼的田埂和机耕道上那么踏实。

他的睡眠越来越不好，远不像在村里时一觉睡到大天亮。他经常做梦。有时候我从上班的省城回到县城去看他，他会嘟嘟囔囔地抱怨说睡眠太差，做的梦稀奇古怪。他说梦里多是赣江以西的下陇洲，比如死去多年的过继父亲长长的舌头，比如一场大水把整个村庄淹没，比如门头上写着"潜志"的宅子里的、他提前造好的棺木被水淘走，比如村里早已不再耕作的田地里到处是爬行的蛇……

伯父决定离开县城，回到赣江以西的家乡。他认为所有的梦都在催促他回家。他的兄弟、儿女都无法说服他。这个精通风水的人对所有劝说他留下的人说，他与县城风水不合，如果久居必遭灾祸。他说他可不想把这条老命丢在这嘈杂的县城里。他说叶落要归根，人老要回家，当年学稷老先生就是这么干的。他说他在这城里是个无用之人，可是如果他回去，说不定那留守的两百多人还会有用得着他的地方。他说眼看着快过年了，家里关门吊锁的，一点儿喜气都没有怎么要得。

说到回家，这个年过七十的倔强老头儿，神情里竟有了当年说到远方的向往。

十一

伯父领着伯母回到了家乡。他们重新开辟了一小块菜地，并买来一群刚出壳的鸡鸭。鸡鸭叽叽喳喳叫着，他的家就重新有了许多生气。他擦净了堂前落满灰尘的大祖父大祖母的瓷像，并把在县城居住时请人做好的自己与伯母的瓷像摆在了他们旁边。他想要不了多久，他们就将成为自己子孙们的列祖列宗。把瓷像做好，不过是提前做了该做的事而已。

他们回家的消息传出，他们家就重新恢复了热闹——虽然相对过去一千四百多口人居住时候的热闹，今天的热闹早已不可同日而语。那些家里老鼠咬断了电线的人来寻他，婚丧嫁娶挑选吉日吉时的来寻他，打工挣了钱在家里盖个房要选个好风水的来寻他。村里有老人去世，他被请去帮忙张罗各种礼仪事——那些即将被人遗忘的古礼全装在了他的心里。大年初一，他坐在曾家祠堂的首席位置。他的面前是摊开的族谱。烛光摇曳，香烟袅袅，众声喧哗（那些在城里的人纷纷回了家），鞭炮声不断。他在人们恭敬的目光里，郑重地手持毛笔，把去年曾姓新出生的男娃的名字和生辰八字书写在族谱相应的空白处。——这自然是村庄最为庄严郑重的时刻。

伯父走在了村庄的屋头巷尾。他已经老了，走路的速度明显慢了下来。他的背驼了不少，可他的脚步是有劲儿的。那是走在自家地里的感觉。他的表情也不再是城里居住时的恓惶虚弱，而是有着老酋长巡视自己领地时的坚定与慈悲。

住在村里的人越来越少了。伯父的家前后左右四五排房子都空空荡荡。每到夜晚，整个村子就一片死寂，野猫的叫声孤单而凄凉。可伯父并不感到孤单。他知道，那些在村里活过的人都在。比如在他家，每到夜晚，他的地主老儿祖父和祖母，他当过国民党保长的过继父亲、小脚继母，以及他的亲生父母，都会来陪着他。有的时候，他们会进入他的梦中，与他说着陈年往事。有他们在，他会生出无比踏实的感觉。

他知道，不管那些离开村庄的人走得有多远，离开时怀着怎样的决绝，只要村庄还在，他们最终都会回来。这里是他们的根，是他们埋下祖宗、存放族谱，记录他们血脉缘起与绵延的地方。他留守在这里，就是要看着他们一个个地回来。

我的家族中在村里人的口中褒贬不一的堂爷爷曾文治回来了。他活了九十岁。据他的老伴说，他曾反复交代说死后要把骨灰送回家乡。他早年的时候没有好好孝敬父母，他死了就要埋在他们的身边。而他的老伴，一个上海籍的与下陇洲并无多少瓜葛的城市老妪，也表示说她百年之后，也要埋在下陇洲的土地上，与我的堂爷爷曾文治相守在一起。按照村庄的古礼，她也应该是下陇洲人氏，是族谱上留有名讳的人。

与他们回来的，还有堂爷爷的儿子女儿。他们都在上海或者武汉工作。他们的成长与下陇洲并无任何交集，可是他们说，他们都是下陇洲人。以后年年清明，他们都要回来，看望九泉之下的父亲，和血脉相连的族人。

伯父主持了堂爷爷的葬礼。伯父把堂爷爷的亲人们送出了村。他站在村口，望着进出村的路。他知道，不管这条路联系的世界有多辽阔，人们走得有多远，以后的日子里，一定会有越来越多的人沿着这条路回到村庄的怀抱中。

十二

沿着那条无数在出走与返回之间纠缠不休的人们走过的路，我回到了我的家乡下陇洲村。

我是被伯父早年怂恿着走出村庄的一个，是据说常被村里人念叨的、在省城工作的、有头有脸的人物，是写过几部书的所谓作家。我也是对故乡怀着罪责的那个人：我怂恿着我的家人一个个走出村庄，并在县城置下房产，让我原本该在村子里生活的父母到县城居住。我是拉低了故乡人口居住率的逆子。

然而，我也是对故乡怀着浓烈乡愁的一个。今年大年初二下午，无所事事的我，决定从县城父母身边回到故乡。我的理由是看望我的伯父，可我知道我想看的是我生活多年的故乡。我开着车，经过近一个小时的车程，就远远望见我的故乡——赣江边的下陇洲村。

它呈狭长形地偃卧在荒芜的田野中间，在冬天午后的阳光下闪闪发光，像一条历尽沧桑同时又身披锦绣的鱼、一座苦难又光明的殿堂。它是古老的，我知道它有着最少八百年的历史，可它又是簇新的，一年一度的春节会将它施洗如婴。

我开着车，进入了村子。那条唯一进出村庄的原本深一脚浅一脚的路已经全部浇上了水泥，变得平坦而宽阔。我看到村口又盖了许多崭新的楼房。它们都贴着大红的春联，春联上的内容有着极其美好的寓意。那是打工的人们，用辛苦挣到的钱盖的新家。我看到村子的巷落里到处是人，他们面色酡红，显然是喝了酒的缘故。他们的表情愉悦而满足，脚下的步伐喜庆而夸张。

他们从大人怀抱中的幼儿到耄耋之年不等，呈现出良好的年龄梯次状态，再不是平日里只剩下老人和孩子。我认识其中的很多人，知道他们的去处和来处，其中大多数人是从打工的城市、五十公里外的县城归来。

我看见年轻的屠夫刘润生在路边空地上抽着烟。他的脖子上挂着一根很粗的金链子。据说他在广东的某座城里当起了菜贩子，每天大清早开车到菜地买来蔬菜在菜市场兜售。乡亲们都说，他的收入是在村里杀猪时的无数倍。他也在县城购了房产。可现在，他也成了一个回家的人。

我看见在县城开着诊所的野德医生在巷子里急匆匆地走动，穿着一件胸前写了某产品标签的旧粗布长衫，很明显他不是以客人的身份出现在这里。说不定他的家中会有客人需要他招待。我刹住车，按下车窗玻璃与他打着招呼，问他在美国做访问学者的儿子回家了没。他说，今年年底会回国，然后计划在村里办结婚酒宴。

村子里响着零星的鞭炮声。我继续往家的方向开。我在寻找与我家并排的伯父家的时候碰到了一点儿小小的麻烦。我发现这个我曾经待了二十多年以后还经常回去的村庄出现了不少我所陌生的成分。除了村口一些崭新的类似于城里别墅一样的楼房，唯一进出村的路两边的旧房子因整体涂成了白色，并且因增加了砌墙的工艺。原本样式各异的路两边的建筑显示了整齐的对城市戏仿的风格。我明白这是拜新农村建设所赐。在距离村口不远的空地上，我曾就读的寻已荒废的村小学前面，我还发现了城市公园才有的廊桥与文化墙。这些本不属于故有乡村的设施，让整个村庄洋溢着少有的喜剧意味。

我找不着家了。这让我有了一瞬间的恓惶。我把车停在了一个疑似离家很近的地方，然后费力地搜寻着家的方向。我在路上见到了邻居安叔。我向他道着吉祥。他有个儿子大学毕业后考到重庆做了警察。他告诉我说，儿子这几天要值班呢，但值完班一定回家。不回家，他对得起列祖列宗吗？

他引导着我来到了我熟悉的路口。我经过了我的已经挂着锁的家，走进了伯父的家门。我看见伯父的家门口对联宽大，字体飞扬，门头上"潜志"二字依然墨色清晰。我发现我所有的堂姐堂哥堂弟堂妹，伯父的所有儿女孙辈，都聚集在屋檐下，正围着伯父伯母叽叽喳喳地说着家常。他们的语调里，有着平日没有的、与他们的年龄远不相符的撒娇意味。那些年轻的孩子，那些大多在外省工作或读大学的孩子，那些该叫我叔叔伯父或舅舅的孩子，都穿着鲜亮的与他们的青春、与春节的气氛契合的衣着，以及与节日和亲人团聚场面契合的欢快表情。他们让原本有些暮气的伯父的家，焕发出浓郁的崭新的生命气息。我想，他们都是伯父所说的回来的人。他们的这次集体回家，明显是一次有组织有预谋的行为。他们紧紧围着我的伯父伯母，仿佛是想通过这一瞬间的热闹来慰藉伯父伯母因年迈与孤独而变得寒凉的心。而伯父伯母，此刻穿着儿女买的节日的盛装，目光如镜，满面春色，就像年画里享受着幸福晚年的老人那样。

屋里的亲人们看到我，立即围了上来与我打着招呼。伯父忙起身迎我入座，吩咐着小辈给我泡茶，大声回应着我的祝福。他告诉我，村里谁谁谁从外地回家过年，有哪些人给他拜了年；在外的人们谁谁谁升了职，谁谁谁发了财。——伯父对我用上了过去与村里在外工作的人交流的口吻，话语中明显夹带了大量的、不土不洋的书面词汇，并且有了十分激越的语气。说到兴奋处，伯父目光辽远，仿佛这世上有一万种美好可能，正沿着他目光的道路，被敲锣打鼓声簇拥着向着村子而来。

待了半晌，我以开车不能喝酒为由，谢绝了伯父伯母的晚宴邀请，起身告别。伯父拿着鞭炮跟着我。他要用这种故乡最高的礼仪送我，以示对我新年的祝福。

鞭炮声响起，我驾车遁去。从后视镜里我看到，我的故乡在一片浓烟中。一瞬间，我竟觉得那些在村里活过的人，此刻都在这浓烟里出没。每一声炮响，都是他们喉咙里对远方游子回乡的呼喊。

行医记

一

在过去，做一名乡村医生是一件非常体面的事情。他们衣着整洁，手指干净，说话轻声细语，总是一副若有所思的样子。因为掌握着村庄所有人身体的秘密，和对病痛极尽救赎的努力，他们深受村里人的尊敬。他们用胸前吊挂的听诊器给病患听心跳，拿着注射器穿行在一群病患中的样子，显得威严、慈悲，同时又有点神秘。比起普通庄稼汉来，他们身上有一股特别的气味，那其实是消毒水的气味，但这种不同的气味，更有利于塑造他们在人们心中的形象，增加人们对他们的尊敬程度。他们因此在村庄里有至高无上的地位，甚至比村支书还要神气几分。

我的外祖父就是一名乡村医生。他最擅长的是针灸，据说有过三根银针让人起死回生的经历。听我母亲讲，他年轻时是个泼皮，不侍庄稼，喜欢赌博，爱和人舞刀弄棍，与不少人结下了梁子，方圆十里人人避之唯恐不及。后来他学了医，他在赣江以西的形象顿时变得好了起来。他去世的时候，前来送葬的人将他们村——离我家三里路远的积富村原本宽敞的祠堂挤得水泄不通，完全是仁厚长者才配得到的礼遇。我的外祖母扶着棺木大放悲声，所有人都听得出，她的哭声里有着作为功德圆满者家属的夸饰和满足。

我们村——赣江以西一千多口人居的下陇洲村，曾经有医务人员六七人，这在故乡方圆十里都是十分显豁的医疗配置。药房里抓药的是村里的高考落榜生罗小平和曾仁子。搞化验的是初中生杨树生。做护士工作的是医生刘水根的女儿刘春莲。负责给村民们看病的是刘水根、孔野德、富英三人。这三个人，担任院长之责、整天乐呵呵的刘水根初中毕业，原是西沙埠码头做搬运工，后去赣江对岸水田公社医院学的医，修的是内科和中医，是村医院的院长，虽是半路出家，可医术还真有两下子，我弟弟幼时因病休克，眼看着只有出的气没有进的气了，他三下五除二就抢救过来了。我的祖母因此杀了家里的老母鸡设宴宴请了他，当然也包括医院里的所有人。最沉默寡言的孔野德高中生，是刘水根的徒弟，也修内科和中医。有点龅牙的富英是产科和儿科，文化水平不高，她的医术来源于乡村旧郎中的传承，全村的孩子出生，都是她接的生。他们是全村人的亲人，可能也是不少村庄的人们的亲人，因为很多外村人都来我们村看病。人们对他们的称呼五花八门，叔叔伯伯爷爷哥哥姐姐不一而足。我从小就被长辈们教育说要叫水根、野德、罗小平为叔叔，富英为表姑姑（为何称为表姑姑，我至今不得而知），曾仁子在医院地位低一些，并且年纪不算大，但因为是本家且是我的爷爷辈，我被大人告诫称呼他为爷爷。

他们在村西头路口的一座房子里办公。它有医生办公室、药房、输液室、化验室，可谓五脏俱全。化验室里有一台曲颈的高倍显微镜，适合全村人仰望。那是村里少有的几座公房之一，里面有一个天井，下雨天可以看到雨斜着往里飘落。它曾经做过村里的小学，我一、二年级就在那儿读的，后来学校搬迁，这座公房就都用做了医院。医院公房旁边是礼堂，用于全村开会议事和村委会日常办公，相当于我们村的人民大会堂。医院挨着礼堂，足以说明它的地位。实际上，在村里人的心中，它比礼堂还重要些。每天晚上，忙碌了一天的人们，都爱到医院扎堆，谈国家政策，谈天文地理，谈化肥农药，谈村里的家长里短，谈村外的生死离散。众声喧哗，烟雾缭绕，医生们穿着白大褂在人群中穿行（他们上班不分白天黑夜），仿佛一树树梨花盛开在山冈。

我的岳父周树保也是个乡村医生。他们村周家村也有上千人之多，离我们家八里路远。他是二十世纪七十年代初开始学医的。他的老师是他的哥哥。我称作大伯的他哥哥因参军在部队当上了卫生员，复员回家后分配在赣江以东的白沙医院做了医生，后来还当上了院长。周家村看中了这条人脉，就让初中毕业的岳父去白沙医院跟班学习。岳父回来后就当了周家村的赤脚医生。

岳父在周家村行医多年。他似乎什么病都能治，从儿科到骨科，他都能开药打针。据说他还为产妇接过生，那是村里的接生婆临时不在的时候。他开始是在村里的卫生所上班，拿着全村最高的工分。分田到户后，他把诊所开到了家里。因为职业，他理所当然地成了全村最受尊重的人。其实，他平头，个头不高，不善言辞，胡子拉碴，爱穿一双用板车轮胎自做的鞋子，毫无倍享尊敬的人该有的体面和整洁，跟我们村每天头发梳得一丝不乱、爱穿一身西服的刘水根院长完全不能比。

大概是享受到了当医生的种种好处，不知从什么时候起，岳父有了构建一个乡村医生王国的虚妄念头。他的大儿子周秋明初中毕业没考上高中，岳父二话没说托了门路让他去隔壁县的卫生学校学了乡医。同样中考落榜的小女儿周三梅被岳父安排去了市妇幼保健院学习助产之术。周三梅到了婚嫁年纪，本来离周家村不远的花园村我姑姑的儿子也就是我表弟看上了她，托了媒婆前去说亲，可我岳父最终同意了做乡村医生的另一个说亲者、阜田镇的胡冬根。我表弟一表人才，高中毕业，在广东经营着一家装修公司，年纪轻轻就创下了一份不错的家业，没有不良恶习，而胡冬根个头矮矬，是个烟鬼，只有初中文化。岳父的意思，医生这种职业，救人救己，积善积德，福报多多，哪是我表弟这种靠在外闯荡过日子的能比的。

——我的妻子初中毕业考上师范当了老师。我的小舅子高中毕业考上了大学，成了广东汕尾一家石油公司的工程师。我想，如果他们没有考出去，按照岳父的逻辑，铁定也是端上乡村医生的饭碗。

周三梅学成归来后不久嫁给了胡冬根。她很快就成了阜田镇有名的乡村助产师。岳父 2012 年决定退休，让我的大舅子周秋明接替了他的王位。大舅子个头也不算高，性格原本活络有趣，可接手岳父做了周家村的医生之后，立即变得沉默寡言和老成持重。人们都说，他的神情，与他的父亲完全是一个模子。

二

我们村医院几个人的合作并非铁板一块。先是药房的罗小平再次参加高考考上了某中专学校，几年后成了一名乡镇干部。后来他当了乡镇党委书记，又考取了律师证，辞职赴深圳开了一家律师事务所，成了我们当地最乐于被谈论的人物。剩下六个人继续抱团合作，终于到二十世纪九十年代中期分崩离析。

解体的原因并不是他们之间有何矛盾，而是随着改革开放深入，村里的人们纷纷去了城市。他们或者去了省外工厂打工，或者带着孩子在县城租房子做了陪读。一千多口人的村庄，只剩下一二百人，病源已经不足以让他们过上体面的生活。再加上医疗政策发生了变化，他们需要共同面对变化带来的各种问题：医护人员需持证上岗，无证的富英表姑姑就不宜再从事医护工作（许多得之民间传授的医者也因此永远告别了医生这个行当），乡村医疗资源需优化配置，他们扎堆办公已经被视为乡村医疗资源浪费而不被允许。

他们搬出了公房。刘水根和他女儿去了三里路远的西沙埠小镇坐诊。孔野德留在了村里，在自己家办起了诊所，病人不多，他只好捎带着在自己家卖起了小百货。药师曾仁子也去西沙埠开了一家药店，除了卖那些非处方药，兼卖春节期间乡村爱买来孝敬老人的各种补品。检验师杨树生为考乡村医生资格证做着准备，之所以要考乡村医生资格证，是因为他在这个行当混了这么久，不干这个，他不知道他还能干点啥。

那座原本全村最为热闹的房子，从此陷入了沉静。一把不大的锁，让所有的繁华都成了往事。

被岳父视为理想婚姻的小姨子周三梅与妹夫胡冬根陷入了困顿。原因是农村合作医疗工程已经启动，病人们都选择去可以大比例报销的镇医院就诊，他们在镇上的诊所几乎可以用门可罗雀来形容。眼看生计都成了问题，孩子也到了读书的年龄，周三梅思考再三决定断腕自救，她用夫妻俩行医多年的积蓄在离家百里的市区购了一套二手房，把他们的孩子带到那里读书，自己用空余时间在小区做家政服务来获得收入。她认为就是在城里做家政也比在镇上当乡村医生强。胡冬根带着母亲依然在原地留守，继续捡漏一般地给当地人看病，如此既可以陪伴母亲在故乡安度晚年，又可以静待乡医这一行时来运转的时刻。

大舅子周秋明也离开了周家村。周家村原有医生两名，另一名早过了天命之年，因人口减少，根据要求，他们村就需要有一人离开，去别的没有医生的地方。周秋明年轻，离开的名额就非他莫属了。

周秋明被分配的村庄叫林桥。那是离周家村七八里路，圩镇大约三里、离公办的乡镇卫生院五里的地方。村子人口不多，可附近几个村庄都没有乡医。公办的卫生院收费高，看个感冒呼吸道感染什么的刨去报销部分，说不定自己还要掏个几十上百，还得走个四五里路，而到最近的秋明诊所求医可能只需要自掏腰包的那部分。这就给周秋明的生存留下了空间。不冷不热的，秋明诊所就这么开起来了。因为秋明态度好，脾气和善，医术也还过得去，没过多久，他就得到了当地人的认可。

我的岳父仗着行医多年经验丰富也常会骑着电动车去给儿子帮忙，比如换个药、量个体温、打个针什么的。可是岳父发现，那里的人们根本不信任他。有时候周秋明有事出门，患者宁肯在那里久久等着，就是不让岳父给他看病。岳父向患者介绍自己，可那里的患者丝毫不买他的账。这使岳父尴尬不已，不过他还是保持了耐心。他想时间会改变一切。过不了多久，人们就会接纳他。他将得到所有人的尊重，这是医生这个行业应该得到的礼遇。

可不久岳父气急败坏地返回了村里。原因是他给一个年轻母亲怀里的婴儿打针，婴儿哭得厉害，那比他的儿女们都小得多的母亲怪罪他，用了赣江以西最难听的话骂他。习惯了人们尊敬的岳父深感斯文扫地，从此再也不肯登儿子诊所的门。他的行医生涯至此宣告结束。

可是不久周秋明出了大事。行医其实是一件十分危险的事情。疾病的背后说不定就隐藏着魔鬼与死神。岳父及他的哥哥行医多年从未失手。可周秋明没有他们的好运气。农忙时刻，有中年农民因普通炎症到周秋明的诊所就诊，周秋明按常规用左氧氟沙星给他进行输液。没想到不一会儿，他就出现了过敏症状。周秋明急忙对他进行抗过敏处理，并立即电话向镇卫生院求助。

患者到镇卫生院没多久就咽了气。左氧氟沙星过敏是极其少见的事情，所以用药没有皮试要求。可该患者是罕见的过敏体质。这是十分少有的概率。周秋明吓坏了，连忙关了诊所跑回了家中。患者家属不多久就抬着患者已经九十多岁的母亲追到了周家村。她在岳父家的厅堂捶胸滚地痛哭。岳父原本清静的家中顿时声浪滔天。人死不能复生，他们这么做，除了表达痛苦，还是想借此向周秋明施压，要周秋明赔偿二十万元。

周秋明问我该怎么办。他说县相关部门组成了调查组来查过，整个事件他的处理方式并无不妥。即使他躲在房间，可从电话中我依然能听出苍老的哭声、吵闹声、辩驳声混成一片。我说办法有几种，一是按他们的要求赔款。二是咬牙扛着，等他们的精力耗得差不多了，再和他们谈判，参考全县以前同类医疗事故的额度进行赔偿。三是走法律渠道，由法院根据相关的法律条款来决定怎么赔和赔多少。你是医生，这一事故是医药造成的，你也是受害者，法院肯定会考虑这些因素。

周秋明最后还是按死者家属的要求赔付了二十万。他告诉我说不是他不愿意扛下去，而是因为他是医生，他看不得这位九十多岁的老母老年丧子的悲伤。这悲伤因他而起，这使他有了强烈的罪恶感。钱没有了以后可以挣，但如果这位母亲再有个三长两短，他就会成为这个家庭十恶不赦的罪人。

周秋明掏光了所有的积蓄，还向他父亲借了一些，才凑齐了这笔对他来说巨额的赔偿金。

本着治病救人的目的病人却死在自己手里，多年的辛苦积蓄不仅化为乌有还欠着一屁股债，周秋明沮丧至极。他重新回到林桥村，寻思着准备把铺盖什么的带回家。他想经过了这么一出，医生这一碗饭他是吃不成了。他的事在当地被传得沸沸扬扬，不再会有人相信他。

他想以后需要干点别的。可是他错了。人们依然来到他的诊所寻医问药。他们都纷纷安慰他说，那件事他们都已了解了来龙去脉。他们知道那并不是他的错，而是死者命里的劫数。他们从不怀疑他的医术。他能给死者家庭赔偿二十万元，所有人都知道了他的菩萨心肠。把自己的病交给他这样的好人手中，是最放心不过的事。

村庄如此荒凉，幸存的人们自然就成了命运共同体。他们被迫彼此抱团取暖相依为命，即使灾难也不能把他们分开。

三

我们村的刘水根关掉了他在西沙埠小镇上的诊所，领着老伴投奔了他在省城当牙医的小儿子，选择在南昌颐养天年。想想他已经是古稀之年的人了。他的大儿子是个博士，在广州从事科研工作。据人们普遍观察，医生的儿女成材率普遍很高。我们村另一个医生孔野德的大儿子也是个博士，还是个留美博士。岳父家，我当老师的爱人与当工程师的小舅子按赣江以西的标准也算是成了才的。这是不是岳父说的医生这个职业的福报？——孔野德也关掉了他在故乡的诊所和杂货店，摇身一变成了县城某社区的卫生室主人。人们都说，从乡医到县城社区医生，这里面的关节可不少，孔野德肯定是花了不小的成本。据说，他的诊所就诊者巨多，大多是我们村及附近村进城购房或租房居住的乡亲，他们都笑称是他的老病号。在西沙埠接替刘水根坐诊的是杨树生。这个多年前在我们村医院做检验员的人，费了九牛二虎之力，终于通过了乡医执业资格的考试。他的医术到底如何，我不甚了了。按理他在我们村医院多年，长期看刘水根、孔野德他们治病，耳濡目染，应该也学到了不少东西，那些常见病治起来不会出什么岔子。遇上超过他诊断能力的病，他只要把患者往乡镇或更大的医院推就可平安无事。他之后将有谁接替他的工作，只有天知道。

原本医疗资源十分鼎盛的我们村迎来了无医时代。这没有什么尴尬的，村里常住人口大面积减少，再好的资源于它也是浪费，无医时代的到来乃是必然。接下来我们还迎来无商时代，买任何日用品都要去三里外的西沙埠小镇。今年大年初一，我从县城开车回村里拜年，想在村里找一家商店买些东西去看望我的家族的几位老人，可没有能如愿。一百年前，我的曾祖父在村里开了一家杂货店，生意据说是好得很，他将村里的土产大面积地收购贩卖到了吉安府，又将城里的东西贩卖到村里，结果积累了一些钱财，他用这些钱财购买了一些土地，后来他被打成了地主。如果他知晓当年他仅凭一家杂货店就可以活得体面的村庄如今竟然连一家买日用品的杂货店都没有，不知会做如何感想。我们村还可能迎来无农时代。村里将没有一个人种地，门前所有的土地都由相关资本控制的机构统一进行经营。我们村还会有什么新的变化到来，鉴于我的视野狭窄，我暂时无法作更多的推断。

但村庄并非都是荒凉的时候。比如每年清明，在外的人们像候鸟一样从四面八方回到了家乡，长满荒草的巷子里，机耕道上到处走动着人。他们对村庄的历史、山上墓地里的人们的生平了如指掌。他们扛着锄头，挑着担子，许多人一看就知道是老把式。他们用十分纯正的乡音相互问候，好像他们从来没有离开过这里一样。此时的村庄花团锦簇，绿草如茵，田地里的水光如灯明亮，简直就像是一个童话里的世界。

几年前，我清明回家，看到村子西口当年用于村医院运营的公房已经倒塌，一片残垣断壁。村里的干部们暂时还来不及将它拆除。但我们知道，随着乡村振兴的推进，这是早晚的事情。让我十分讶异的是，从倒塌的公房中间竟然长出一棵树来。那树不知是什么树种，竟有两层楼那么高。已是清明，它还没有长出叶子，可是在桠丫上竟然开出了朵朵白花。为何它只开白花不开其他颜色的花，我想肯定是这座公房曾经做过医院的原因。世间万物自有因果，这棵树就是一个明证。它仿佛是受上天委派来接替当年穿着白大褂的医生们，继续坐诊在这村西路口。而整个村庄那些已很少人住、破败不堪的老房子，就仿佛是等待它诊断的一个个患者。

燃爆记

一

　　她总是一副满腹怨气的样子。这个世上，好像很少有让她满意的时候。比如说，她对婚姻不满意，理由是，她嫁的人家，成分太高，是地主，她是贫农的女儿，走起路来昂首挺胸，可一嫁进门，她就被迫跟着全家人低下了头。她的夫家，兄弟姐妹妯娌什么的多得很。人多，矛盾就多，眼高眼低的地方就多，她因此受的气，用箩用筐装不完。又穷，成分虽是地主，可穷得叮当响，他们新婚不久后按公婆的意思单过。她的婆家，除了一个灶和几个碗几双筷子，一个只有三四十平方米的房间，就什么也没有。她的丈夫也就是我的父亲，是个懦弱的、三棍子打不出一个屁的男人，受人欺负是经常的事，她当然要跟着受委屈。比如说，村里生产队时，分的粮食经常不够吃，以至青黄不接时，她要想方设法弄吃的，有时在米饭里搭番薯，有时在饭里搭叶子菜。后来分田到户，能多打粮食了，可因为孩子们尚小，姐姐十一二岁，我呢只有八九岁，弟妹更小。家里劳动力缺乏，父亲又因做篾常不在家，家中主要靠她操劳，她成天劳作，难得有歇息的时候。

比如父亲干活太慢，老出不来活，而她力气又太小，干啥事都很吃力。每逢收割，她与父亲扛着打谷机，父亲扛着最承重的那头，她扛在轻的那头，依然觉得不堪承受，常常腿脚一软摔在了田埂上。比如她的孩子们，要么愚笨，要么顽劣，一个都不让她省心。

她总是寡着一张脸，皱着眉，嘴巴嘟起老高，要么长时间沉默不语，要么骂骂咧咧或嘟嘟囔囔。这使得她的脸看起来好苦，在她还算年轻的时候（三十来岁的时候），她给我的印象，就是特别老相，有很深的法令纹和嘴角纹。她的眼神看起来好凶，很少有柔和的时候。她的身体总是不平衡的样子，趔趄的、跌跌撞撞的样子。

她总是怨自己命不好。但平心而论，她不是村里最苦命的女人。我家隔壁铁匠细五家，也就是我小学同学、身体瘦削外号叫"鸡骨头"的和平的家，境况比我家好不到哪里去。子女跟我家一样多，房子不一定比我家大，和平的妈，怎么就能整天没心没肺，走到哪儿都能欢声笑语？她怎么就像所有人都欠了她似的，总是让人感觉阴影沉重？她嫁的人，除了性格懦弱些，没多大的毛病，比跟他儿子和平一样瘦得全是骨头的邻居铁匠细五好看多了。父亲身高一米七六，眉清目秀，轮廓分明，算得上是相貌堂堂，而且性格好，从没见他发过火，可以任由她欺负，而不像隔壁铁匠细五，脾气暴躁，动不动打老婆。而她才一米五出头，脸黑，相苦，脚还内八。父亲是个篾匠师傅，活好，带不少徒弟那种。她呢，其实一点也不能干，做的饭从来就没好吃过，纳个鞋垫都没个样子。她凭什么整天寡着个脸？

可她从不这么想。她总认为她的生活全都不对。她是在深渊里，在看不到尽头的甬道上。她因此很容易生气，动不动就暴跳如雷。做晚饭时，一摸原本搁放火柴盒的灶角火柴盒不见了，她的火气就会上来，就会没来由的骂人，最终把火力集中在我身上，污蔑是我偷了，我百般辩解她完全不听。天变冷了，或者下雨在外淋湿了身，要她找出衣服加上或换了，她一下子没找到，就开始嘟嘟囔囔。再过一会儿，就会骂骂咧咧。父亲沉默，我们一个个不敢出声，整个家就会极度压抑，像是一个火药桶。有一年端午，我不记得是要蒸个什么东西，她安排了我烧火。她看火候未到，又提着桶子舀了猪食去喂猪。可能喂猪的时间有点长，等她回来，发现锅里的东西蒸老了。她不怪她自己喂猪太久，倒怪我当止没止，火候没控制（我一孩子哪里知道），嘴上就开始烈火烹油，用尽了赣江以西家乡最狠毒的话语。我忍着，想不跟她一般见识，结果她越骂越来劲，抄起菜铲刀，将菜铲刀的木头把，重重地砸在了我的头上。

她是我的母亲，1946年生，是离我家三里路的积富村人。1965年，她嫁给了我的父亲，从此成为我们一家的女主人。

二

她不仅怨气重，还格外吝啬。我没有见过比她更小气的人。她这一辈子，把钱看得太重，好像钱才是她的命根子，我们却不是。我们一家，经济来源主要靠种地，父亲偶尔出去做篾挣点工钱，还有她养猪。我们村地少，每人八分地，一家人五六亩，打不了多少粮食，卖不了多少钱。父亲做篾，挣到的工钱也不多。她每年养猪，顶多出栏两头，也收益甚少。进账不多，要安排一家人的开销，就得靠节省，这个道理谁都懂。可她的节省，完全到了不可理喻的地步。举个例子，从小到大，我们一家人，没有谁过过生日，我们兄弟姐妹四人，过年从没有得过哪怕一毛钱的压岁钱。因为在她的观念里，这些都不是必须，没必要白浪费钱。

她还不让姐姐读书。姐姐读了一年级就辍了学。这表面上是父亲的决定，但我们知道，当家的是她，没有她的点头，父亲的话顶个屁用。姐姐不读书，就可以省了钱，还可以帮她做事情，看看她的算盘打得有多精。虽然那时候，学费低得很，小学一年级只要一块五，可如果一直读，还不得花一大笔费用。她的观念，女孩家家的，早晚是别人家的人，浪费这钱做啥。然后是妹妹读了三年级也辍了学。他们甚至想让弟弟也不读了，跟着父亲去做篾。因为家里刚刚做了新房，欠了亲友们好大一笔钱，让他们觉得负担太重。那时候我刚刚参加工作，听到他们的打算，立马把弟弟带在身边读书，并且承担了他所有的费用，最后读到了高中毕业。

她有没有让我也辍学的念头，我不能确定。但有一件事我是记得的，我小学升初中，到了开学的日子，要去十几里外的乡中学报名，学费是六元五角。我向她要，她没理我，去田里做事。我追到田里，一直不依不饶向她讨。她的表情很不好看，拉长着脸，嘴巴嘟起老高，偶尔望着我的眼神充满恼怒和怨恨。同村相邀一起去报名的小伙伴们在远处喊，说再不动身他们就要走了。我求着他们再等等，然后还死皮赖脸地缠着她。我猜她是希望我知难而退，她就可以省下这六元五角。这对她来说，是一笔巨款，她心头上很大的一块肉。可是我不依不饶的态度也让她没办法。她终是狠不下心，停下了手里的活，从裤袋里掏出一个精心折叠的原本装洗衣粉的塑料袋，从中找出钱递到我手上，一句话也没有说，脸上是被剜了肉的疼。拿到钱，我顿时飞奔，加入到一起去报名的队伍中。

一方面是吝啬，另一方面，遇到不得不花的钱，她就希望回报最大化，甚至希望有超值的收获。村里的屠户最怕看到她。她到屠案上买肉（那多半是年节、农忙或来了客人），肉要部位好，上面不能有一点骨头，秤要翘得高高。屠户说哪有肉不长骨头的，她说她可不管，她买的是肉，骨头不能吃，就不能算肉。付钱的时候，她都以种种理由，少付一毛两毛。有时她忙不过来，派父亲去买肉，提回来的肉部位不对，又好大一块骨头，还搭了杂七杂八。她会先把父亲骂一顿，然后提着肉到屠案退换，指着这里那里，挑肥拣瘦，直到她满意为止。

她的吝啬不仅对我们，还对自己。她几乎从不添置衣服，记忆中她身上的毛衣，花花绿绿，是几件坏了的毛衣拆了凑着织起来的，丑得很，可她毫不在意。家里来了客人，有限的荤菜的碗，她几乎从不下筷。她身体不舒服，比如消化不好胀肚子，比如牙疼，比如感冒发烧，也从不去医院，都是自己熬过去。我们劝她看医生，她说不要紧，自己的病自己知道。其实她根本不知道，只是舍不得看病的钱财。亏了她运气不错，每次都能熬过去，没有越病越重。家里的剩菜剩饭，她都舍不得倒掉，她第二顿接着吃。在桌上，我们看她只吃剩菜或蔬菜，就会给她夹新鲜的荤菜。她会配合，伸出碗，但才夹两下她就会把碗缩回去。

她不仅自己舍不得花钱，还干涉我们的花销。过年时给家里的老人拜年，或者探视生病的亲友长辈，她会告诫我们这个东西不要买，那个费用可减半。我们当然不会听她的。我们早已不是小时候，要屈从于她。她也知道我们不会听她的，但就是忍不住。

三

很早的时候我会认为她没有热度。我很少见到她与谁特别要好。她几乎没有朋友，没有说得来的人。也没见她对谁特别好，无论父亲，我们，还是我们的祖父、祖母，叔叔婶婶，甚至她的父母兄弟。她总是冷冷的。我怀疑她对这世界并无爱意。我们于她只是她前辈子欠下的债务。她生下我们，只是被动地、认命地接受母亲这一角色，勉为其难地完成养育之职。从小到大，她几乎没有对我温存慈蔼过——除了生病了，她会伸手摸摸我的额头试试体温。我小时候的记忆中，她从来都是沉默的、怨恨的、寡着脸的，或者是骂骂咧咧的。她几乎没有和颜悦色地对我说过话，或者用无限温柔的眼光注视过我。她更不会告诉我们说她爱我们，我们是她的命，不会说万一我们有什么三长两短她肯定不活了。我犯了事，比如偷了家里的钱，跟别人打了架家长带着孩子告上门，她打我，下起手来真狠，棍子鞭子凳子，手里有什么就使什么，我的身上经常是青一块紫一块。我畏惧惩罚不回家，偷偷躲到村里人的猪圈里睡觉，第二天从猪圈里赶去学校上学，她也从来不会找我，巷子里，从来不会响起她焦急的唤我的声音。她不疼我们倒也罢了，还经常恐吓我们，说日子万一过不下去了，她就喝两口农药拉倒。这恐吓极其管用，我们经常听到农村女人喝农药自杀的消息。每次她生气，我们就大气不出，战战兢兢，然后盯着她的一举一动，生怕她打开一瓶农药咕噜咕噜喝下去。她要拿到农药一点不难，我家床底下、墙角边，到处都是农药瓶子。

我们甚至觉得她对她喂的猪比对我们要好。有一年栏里的猪生了病，不吃不喝，哼哼的声音听起来难受。她请来兽医，治了好几天都不见好。每次她提过来多少猪食，又提回去倒掉多少。她的脸一天比一天暗下去，眉头一日紧似一日。到后来，她干脆搬来一张凳子，对着那头病猪说话，完全是哀求的语气，求它早点好起来，好好吃东西，好好长膘。到最后，她竟然哭了起来，边哭边说，说她多么不容易，哭猪养了这么久，哭家里的开销大全指望着它卖钱……她哭了整整一个上午！她对猪的好让我们妒忌，猪好起来后，我们趁她不在，偷偷到猪栏边，用鞭子把猪狠狠揍了一顿。

然而有件事让我动摇了她对我们全无温情的判断。那是八十年代末，我在上海的远房堂姑生了娃，想从老家找一个人去帮忙看护孩子，理由是老家人知根知底来路正，安全可靠。那时候妹妹十四岁，为人乖巧，做事麻利，族里的人觉得是个不错的人选。她也觉得没有问题，堂姑是自己家人，肯定亏待不了妹妹，妹妹可以挣一份工钱，还可以见世面长见识。等妹妹跟着护送的族人去了上海没几天，我们发现她神态不对了。她开始落泪，做饭的时候落，吃饭的时候也落，在桌上用饭团一层层粘布做鞋底也落。泪落在锅里、碗里和鞋底面上。我们知道她是担心和想念妹妹了。这是大冬天，天冷，人很容易受寒，而且一个人到一个完全陌生的地方，怎么习惯？妹妹才十四岁。以前她没有预料到这些，没有预料到分离会让她的心这么痛。这是我们猜想的，至于她真正的心理是什么，她也从来没有说起。她只是不停地落泪，一句话也不说。每当有人来家，她马上就把眼泪擦了，装着什么事也没有的样子。事儿是她应下的，她当然不能让人发现她的难受。可只要来人一离开，她的眼泪就又止不住流了下来。

　　半个月后，妹妹回到了家里。堂姑见到妹妹，还是觉得妹妹太小，也没有带孩子的经验，就要人送了回来。她看到完好无损的妹妹，那张苦脸竟然绽放出了难得的笑意，好像一块贫瘠的田地里，开放出了绚烂的花朵。可这样的时候没有多久，她就又恢复了满脸怨气深重的表情。

四

　　摊上这样的母亲、这样的家庭，我很小就懂事得很。毫不讳言，我是个特别早熟的人。很小我就知道，这个无力的家给不了我任何保障。它如同深渊。很小的时候，我就想着如何逃离它。小学五年级，我十岁，要去五里外的村庄寄宿上学。很多比我大的小伙伴告诉我，去那里读书会特别想家，会想得哭。及我上学，甚至长大，我却从来不知道想家是何滋味。很小我就知道，要逃离这个家最好的出路是读书。我拼命读书，结果我成功了，我考上了师范，成了一名教师。后来又因为写作，去了县机关，又调到市里，然后调入省城工作。

我娶了妻，妻性格温和，面带微笑，完全是她的反面。从小我就发誓，要找一个与她完全不一样的女人做妻子。我生了娃，并且发誓要保护好她，永远不让她受我小时候受过的种种委屈。

我逃出了这个深渊一般的家，并且过上了自己想要的生活。然后我想着给他们反哺。他们太苦了，我希望凭我的力气，能让他们有所改变。我帮他们养儿子（带弟弟读书），他们建房，我想办法帮他们还债。我一辈子反抗她，最终还是无可奈何地遗传了她的缺点：内八脚，节俭成性。我舍不得花钱，更舍不得为自己花钱。自己出门，舍不得住高档酒店。平日出行，能坐公交地铁就不打车。我承认我有轻微的自虐症。

她与父亲越来越老了。村庄荒凉，留守的人越来越少。他们的身体也越来越不好。为了让他们有个好一点的晚年，我和弟弟每年给他们足够的生活费。另外我提出在县城买一个五六十平方米的房子给他们住。这样花钱少，姐姐和妹妹都住在县城，也方便照顾他们。可她说，五六十平方米的房子，那么小，不要。过年你们回家，怎么住？住酒店，不好，没有气氛。要买就买大房子，过年我和弟弟两家人回来都住在房子里，多热闹的。没办法，我调整计划，其他地方挤挤，拿出更多钱，与弟弟一起买了一套一百多平方米的二手房。房子在中心区，离姐姐妹妹家都近，离医院也近，又在二楼，方便腿脚不好的她进出。房子有三个房间，我和弟弟各一间，她与父亲一间。依她所愿，过年回来，我们都住在了一起。

即使这样，我依然不能让她满意。她依然怨气深重，认为我对家人亲友们不够尽心。当有人告诉她我的职务跟县长一样大时，她竟然认为我权力不小，当面指责我没有荫庇好弟弟一家，没有为弟弟招揽生意，让弟弟过上更好的生活。她认为弟弟在广东打工，办厂，折腾多年依然没有挣到钱，罪魁祸首是我。她甚至说，村里很多人都因此笑话她。我让她在村里脸面全无。

五

我早已学会无视她的怨恨，经常心平气和地从省城赶回县城那个二手房的家中，为她与父亲处理生活中的种种。我给他们买常用药，做饭。烧水壶有锈斑我给买新的，水龙头坏了我给换水龙头，卫生间漏水我请师傅修理，下水道堵了我叫师傅疏通，地板脏了我给拖地……我不时地催促在县城的姐姐和妹妹给他们清理冰箱，及时处理变质的食物。隔三岔五去看看他们，陪他们说说话。我希望这两个可怜的长期在底层挣扎的人，晚年能多一点幸福。

可我与他们究竟不是同类的人。他们对我的了解几乎微乎其微。他们不知道我的爱好、我的饮食口味、我喜欢穿的衣服的牌子。他们不知道我的身体状况，哪些指标不正常，哪些器官有了隐疾，有过哪些病史。他们不知道我的工作情况，我每天干些什么，跟什么样的人打交道，我都有哪些本领，哪些又是我的弱项。他们不知道我的价值观，我对这世界的许多事情的观点和态度。他们大约知道我是个作家，是个靠写点文章维持脸面的人，但我写下的文章，他们一篇都没读过，虽然他们都有高小文化水平，足够听懂电视剧里的对白。我出了哪些书，我的那些文章和作品集都有怎样的反应，他们根本毫不知情，也毫无兴趣了解。我和他们坐在沙发上，除了聊一些生活琐事、家长里短，就无话可说。电视屏幕上上演着电视剧，我陪他们看着，长时间不发一言，仿佛大海中几块彼此不相关的礁石。

他们的生活习惯越来越让我无法忍受：崭新的沙发，他们铺上旧的颜色不同的床单，说是防脏；重新粉刷过的好好的墙上，他们给打上了几根钉子，钉子上挂着帽子、公交免费卡等物件，或者是不晓得装了什么宝贝东西的塑料袋；垃圾桶里盛装垃圾的袋子经常不换，只倒换里面的垃圾，垃圾袋因此经常散发出一种难闻的气味；有个角落是搁放垃圾的，说是积到一定量就拿去卖钱；厨房里到处是油腻腻的，原因是炒完菜就立马关了油烟机，说是要节省电费；洗脸洗脚的水舍不得倒掉，倒进卫生间的一个蓄水桶里，说是要用来冲厕所（卫生间因此也弥漫着一种难以言传的气味）；不爱洗澡，常常好多天才洗一次。……整座房子里，色彩驳杂，五味杂陈，令人欲言又止。他们两个老人，衣衫褴褛地出入其中（妻子与弟媳、姐姐妹妹给他们买的新衣服他们都压在箱底，舍不得穿）。这样的人家，如果与我不太相干，我去了一次就不会再去第二次。

可他们是我的父母。他们逐渐老去。我不得不一次次往家里跑。从省城到县城，两百公里路程，开车两个多小时。最近通了高铁就更快了，火车上只要一小时。以前我大约一个月回一次家，然后加上春节、清明、五一、国庆等相关节假日。最近我回去得越发勤了，原因是父亲的颈椎病复发了。

父亲患上颈椎病简直是必然的：他是篾匠，又是农民，性格又懦弱，低头是他的常态。六十岁时，他的颈椎病开始发作，眩晕，呕吐，全身大汗，肌肉僵直，面色惨白。那时他们还在村里生活，她慌忙请来村里的野德医生来治疗。野德医生给他挂了几天扩充血管的点滴，症状才消失。我从省城回家，带着父亲到县城医院拍片，又带着片子去省城找骨科专家。骨科专家说，父亲的病有两种治疗方案，一种是手术，但如手术失败可能终身致残瘫痪在床，另一种是保守治疗，就是采取输液等方法，但以后病情会逐渐严重。我们经过商量，最终选择了不开刀，不冒风险。

从此父亲的颈椎病经常复发。有时两年发作一次，有时一年发作两三次。我们已经摸出了规律，每次都找已经对他的病熟悉的野德医生给他治疗。每次输液或三五天，或七八天，父亲就会慢慢缓过劲来。

而每一次发作，她当然是陪护左右的。随着年长，他们已经变成了一个整体。他的病当然也是她的病。她对这一疾病早已熟悉，一看父亲的神态就知晓是否发作前兆。她就会把枕头放平让父亲到床上躺好，准备好塑料盆供父亲呕吐，用毛巾给他擦脸上爆出来的汗，给野德医生打电话，请他过来输液。守在父亲身边，看点滴快慢和进度。侍候病人是个系统工程，包括营养、护理、情绪管理等等。她很难说是无微不至，但大致可以说差强人意。

然而这一次与以往不同。开始我们没有当一回事，以为不过是很多次发作中的一次而已，按照老步骤给他治疗。可断断续续的，入冬以来发病已经三个月了，父亲的病一点也不见好。检查什么的也做了，除了老毛病没新毛病。我们指望着老办法会慢慢起作用，认为这次需要的时间不过要长一点而已，可是一直没有改善的迹象。他依然眩晕、呕吐，吃不下东西，身体在不经意间消瘦了下去，脸上的皮肤松弛了下来，看起来毫无光泽，走起路来有了些晃荡的意思了。我以前给他买的金属拐杖他终是用上了。他偶尔强撑着从房间走到客厅，脚明显打着抖。坐在沙发上，他眯着眼，皱着眉，龇着牙，跟他说啥他都不回应，感觉说一句话都嫌累。而母亲的脸，一直阴着，像是谁向她借了钱不还似的。

六

我给我的发小儿李乐打电话。他是县人民医院的医生。我问他怎么办，要不要去省城。他说老年人的病嘛，常见，但难治。去大医院也没用，治法都一样，老人家这种身体，经不起路上折腾，护理没有小地方方便。可以考虑西医，通过输液用药，改善他的颈椎环境，提高颈动脉的供血能力。他说他不是骨科大夫。他要我找他的同事、内科主任李昌东。他说他对这类病人见得多，有经验，你去找他，就说是我发小儿。

我带着父亲找到了李昌东。李医生热情，说李头喜交代过了。他安慰着我们，说会好的、会好的。然后是拍片，验血。没有其他方面的问题，还是颈椎反弓退行性变，伴随颈椎间盘突出，颈动脉受压迫，天冷，血管收缩，脑部供血就更不足，就头晕呕吐。李医生说，我开药，打十天点滴，一定会改善。

我交代了姐姐和妹妹排班送父亲去打点滴，然后返回了省城。

十天之后，父亲的颈椎病没有改善。父亲还是眼睛兰开不开，饭吃不下。我为改善他的饮食结构买的小米、薏米仁、黑米，经过她烧熬看起来很不错，可大都留在电饭煲里。原来上午时还会强撑着到客厅待会儿，现在根本不出来，一天到晚在房间床上躺着，每到下午，头就更晕，就吐。他吃得少，吐出来的东西就都是液体。他吐的时候，身体折转过去向着床边，喉咙里发出痛苦的声音，枯白的头发，宛如冬日寒风中的衰草。

周末，我又从省城赶回县城的家中。这段时间，她对我越来越不好。以前回家，我敲门，她开，会说一声回来了。现在，她一言不发，脸上毫无表情，立马转身去陪父亲。好像父亲的病是我害的，我不是她的儿子，而是她的一家的罪人。

她不仅对我不好，还对生病的父亲。她一再地逼父亲吃饭，毫不掩饰她的坏脾气。她说你把饭吃下去，就会有抗病的力气。你这个不吃、那个不吃，你想折磨谁！

我看了父亲，然后坐沙发上，想着接下来怎么办。可我听到他们的房间里传出了她恶狠狠的声音。她说怎么一点不上心，交的什么乱七八糟朋友，找不到能治好病的医生。她说自己上辈子造了啥孽，摊上了这样的一个老公，也没生下一个靠得住的儿女。他这辈子受尽了苦，年轻时受人欺，年纪大了又老生病，她跟着受委屈不算，还要一天到晚侍候人。侍候人人家认也就罢了，可三个多月没见好，什么人！

我沉默。我让她撒气。我想她骂一骂就会好。可这次她明显不想停下来。她进进出出，嘴里越骂越欢，身体的动作越来越大。她踢倒了客厅的凳子，摔掉了沙发前茶几上的一个空了的铁皮瓶子。——它们在家里发出剧烈的声响。她根本不打算控制自己。她警告说，这个老头如果有什么三长两短，谁都没有好下场。

她又来了老一套，说一点意思没有，她早就不想活了。她随时准备买一点农药，咕噜咕噜喝下去。她怎么还不死，早死早埋，省得在这世上遭罪。我没过一天好日子！

我板着脸。我不说话。我想气撒了这么久，她总该要歇下来。可是她依然不肯停嘴。她骂得更难听了，就像我小时候犯了错那样，用了赣江以西最狠毒的话语。我顿时忍不住了。

我愤怒地望着她。我说你住嘴！我的声音大得很，吓了我一跳。

我继续说，你怎么仗着你是长辈，就什么话都说得出口？这么多年，你怎么就一点长进也没有？我不是医生，我怎么知道该怎么治。总要让人慢慢想办法。你不要把什么事都堆在我身上。你有本事，你来给这个老头治一治！

这是我这辈子对她唯一的一次咆哮。与她完全不一样，我是一个温和的人。我很少生气。她让我知道，生气解决不了任何问题，反而会把事情搞得一团糟。——她愣住了。她从没见我发这么大的火。她终于停止了叫骂，默默转到厨房里给父亲准备吃的。

七

问题总归要解决的。我想让父亲试试中医。我给县中医院的医生朋友王浩打电话。王浩说，他们院的康复科肖衍虎主任的针灸技术很高，很多老年人有腰腿疼痛、经络不通的问题经他治疗都有缓解。你愿意一试，我就先跟他打个招呼，然后你就带你父亲去找他。

联系好了肖主任，我给父亲戴了帽子，系了围巾，裹上了厚厚的羽绒服，然后背着他下了楼，让他坐进了轮椅中。从家到中医院只有两百米左右，可是父亲即使撑着拐杖也走不了了。他瘦得不成样子。我推着轮椅，在寒冷的街道走着，内心是凄惶的：如果父亲没有得到有效治疗，他可能撑不过这个冬天。

通过查看病灶影像和血检报告，肖主任为父亲制定了针灸、按摩加中药调理脾胃和祛风寒的综合治疗方案。我给父亲一层层脱了衣服，以方便肖主任扎针。肖给他的身体扎下了长长的密密麻麻的银针，头顶、颈部、肩部、腹部，甚至腿部。那些银针在父亲身体上显得横竖不一毫无章法，一盏红外线理疗灯罩着他的脖子，也就是病灶部位。我心里嘀咕：这些细如发丝跌跌撞撞的银针，能帮父亲打赢这场看似平常其实惨烈的战争吗？

我通过微信联系姐姐和妹妹，重新对送父亲去医院治疗进行了分工。我交代她们，要注意保暖，关注父亲的疗效，要不断地鼓励他吃东西，变着法子弄不同的食物激发父亲的食欲，要他不要怕吐，吃下去总会有吸收，就会长力气。我跟父亲说，不要怕，要有信心。这是我们要共同面对的一道难关。检查结果并不坏，您的其他器官、身体其他指标都没有问题。要鼓起劲来，我们一起扛过去！

祖国传统医学真是博大精深，一段时间后，这看似毫无章法的针灸加祛风寒调脾胃的中药调理的治疗渐渐有了效果。父亲的症状在缓慢减轻。他的眩晕没那么厉害了，呕吐的频率越来越少。他慢慢能吃下一点东西。我前一阵子买的小米、薏米仁、黑米已经告罄，我到超市又给他买了些。

他的脸慢慢有了些血色。眼睛也能睁开一些了。虽然依然不能到客厅的沙发上坐下，但在床上，他坐起的时间要多一些了。他依然不愿意说话，但他的饭量在增加。除了粥，他每顿能吃下半碗米饭了。

她的脸色愁云也在变少。过去，她的脸堆满了积雨云，甚至隐藏着雷电，现在，虽然依然不见太阳（太阳在她的脸上，从来就是稀有之物），但云层没这么厚了。每次回家敲门，她打开，见到我，表情虽是淡淡的，但已经不像是面对罪人的神色了。她有时会跟我打声招呼，说回来了。我嘴里含混应着。我不想理她。

她跟父亲说话的声音柔和了许多。每次吃饭，都由她做好盛进碗里，再端进房间里喂给父亲吃。每次，她都像哄小孩样，要他慢慢吃，问有没有烫，干了还是稀了，菜是否可口，蔬菜要不要多夹些来，可不可以再吃两口。她边喂他边鼓励说，吃了才有力气，有病也不怕的。

这样的话，因反复说，早已让听的人觉得不新鲜，可她不管，每次喂食，都要来一遍。

说话间，年就到了。弟弟弟媳从广东回来，我带着家人从省城回县城。一家子又齐全了。我们都带回去了不少年货：除夕团圆饭和招待客人喝的酒，孩子吃的零食，大量的包装得夸张和彩艳的年货。它们堆满了家里的角角落落，让整个家显得拥挤不堪，也使得这个充满了老年体味的家，有了难得的春节喜气。我们一起买菜，做饭，以若无其事的口气说话，尽量让整个家显得与平常无异。

可是我们心里都清楚，这一次过年，与往年有了很大不同。因为父亲病了。以前他在客厅里来来去去，虽然背有些驼，但他行动利索，声音大，脸上总是带着与年龄远不相称的孩童一样的笑，让人安心。可现在，他瘦得很，脸色很差，没有精气神，也不愿说话。原来戴着合适的棉帽，现在就嫌大了，老从头顶滑下来，盖住他的眉眼。

除夕团圆饭，父亲没有上桌。这是我记事以来的第一次缺席。母亲因为喂他，到好久才上桌匆匆扒了几口饭。我和弟弟心照不宣地喝酒，向大大小小家人说着祝词。我们一起敬母亲，感谢她在父亲病时对父亲的照料，祝福她和父亲福如东海寿比南山。她潦草应着，举着装着饭的碗，笨拙地回着祝福之语。

这一年的不同，还在于举国禁放。可能是出于环境和安全的考虑，上头要求春节期间不能燃放。县里通过政府微信公众号、手机短信等平台，向所有人发出了禁放的公告，通告说组织了警察、司法、城管等部门组成的检查队伍日夜巡逻，对有违反者进行施罚。因为禁放，整个除夕显得冷冷清清。我和弟弟喝酒，掩饰着内心因父母老迈带来的寒凉。远处，有零星的爆竹声传来。总会有顽固的人，遵循古老的秩序，无视崭新的规则。我们担心着他，不知他是否会被逮住，是否做好了受罚的准备。

八

　　我的春节假期用完了。吃过早饭，我收拾好行李，与父亲告别。我跟父亲说，要听医生的话，继续做针灸治疗，按时吃药。身体逐渐向好，说明医生的治疗是对了路的。我多次跟医生沟通过的，他说会好的。要相信他。要努力吃饭，不要怕呕吐。事儿并不大，一切都会好起来的。我们会顺顺利利过这一关的。我交代母亲，要有耐心，对老头好点。

　　我领着妻儿下了楼。母亲跟在后面，是要送行的意思。这是我们家的一个仪式，每年我和弟弟春节后离开家，父母都会一起给我们送行。可今年，只有她一个人。

　　我看到她少有地把手背在后面。我大概猜到了，她手里拿着一挂爆竹。按照老家的年俗，子女春节后出门，父母都要给远行人放一挂爆竹以祝福平安。

　　可今年全国上下禁放。这是旨在移风易俗的决定。放爆竹，太吵，也容易发生火灾和污染空气，我举双手赞成。是的，我认为这种在中国流传了几千年的习俗并无必要。春节时候的爆竹，跟一个人一年的运气有多少关系呢？每年每家买爆竹也是一笔不小的开支。是到了禁止燃放爆竹的时候了。

　　可是她要为我们的离开放一挂爆竹。我发现了她的企图。那红色的爆竹在她背后露出了尾巴。是呀，她个子太小，也瘦，怎么挡得住一挂贼头贼脑、长长的爆竹呢。

　　我停下了脚步。我要她别送，上楼回家。我要她别放爆竹。我给她说理，说我是公家的人，当然要遵守公家的规定。我吓她，县里安排了好多个检查组。说不定检查组就在附近。只要听到响声，他们就会冲进来的。

她答应着，要我上车。可我看到她的神色，她根本不打算放弃。过完了年，儿子远行，她的祝福肯定是要送出去的。而以她的经验、她的理解，没有什么比一挂爆竹更能表达她的祝福了。政府的规定，根本无法阻止她。她铁了心要做一个违法乱纪者。检查组冲进来抓到了她又能怎样，任何处罚她都愿意认。

——她多像这挂爆竹呀，早已不合时宜，其实也一无是处，依然要虚张声势。她的心，也像这一个个爆竹，基本是实心的，也是沉默的。她并非对这世界没有热情，对亲人们没有爱意。只是她拙于表达。唯有春节，能做让她释放的引线和火苗。

我赶紧发动了车子。我希望尽快离开这个现场。如果她点燃了爆竹，正好有人冲进来，知道她是我的母亲，我该有多丢人呀。

我挂了挡，踩了油门。车徐徐开动。爆竹在后面不顾一切地响了起来。我侧过头来，从后视镜看到，她站在那里，身体歪斜着，既像是耗尽了全部的力气，变得虚弱无比，又像是完成了一件天大的事情，因此心满意足。硝烟升起，她的小小身体，隐没于硝烟之中，我无法看清她的表情。

高考记

一

　　我疑心我的女儿虫的眼睛里新长出了一层阴翳。因为我发现她看人和物，远不像过去那样清澈、活泛，而是充满了成年人的忧心忡忡。她总是不由自主地皱起眉头，好像在很费力地等着前方的影像一点点地变清晰。我担心她是患上了近视。可她的回答是否定的。她说她们前不久还进行了体检，她的视力是1.5。

　　我的女儿进入9月之后就开始发生了许多变化。她不再读小说，不再像过去，动不动就在饭桌上摆出一副与我讨论马尔克斯、博尔赫斯、卡尔维诺、奥威尔的架势。她也不再爱看电影，虽然过去，她是一名资深的影迷，对世界电影明星、奥斯卡金像奖、戛纳电影节什么的如数家珍。她拥有两大本包括莱昂纳多与贝鲁奇在内的影星们的签名照片，那是她向全世界的影星们写信索要的成果。她不再与动物们亲近，闯入家中的蟋蟀和路上的蚂蚁，她再也不闻不问，远不像过去，她迷恋与生物有关的一切，正经研习过数十本关于生物学的书籍，熟悉无数动物的生活习性，出门在外，一个蚂蚁窝就可以让她待上半天……

　　她不再要求出门旅行、去书店购书、去肯德基吃炸鸡、去艺术中心欣赏音乐剧，不再故意饶舌、做鬼脸，不再五音不全地唱着摇滚……她把自己捆绑在学校与家之间只需十分钟的路上。她让自己钉在家里的书桌前。她总是陷入沉默，唯有笔在手指头上转动不已。她的面前，永远是一沓厚厚的试卷，她的周围，全是作业、文具、课本、练习题、全攻略、一点通等等。

　　我叫着她，试图与她攀谈。我用十分亲切甚至起腻的语气叫着她，希望能得到过去那样的甜蜜回应。她的头从试卷上抬起来，可是我却从她惶然的眼睛里看不到我。我看到了她的瞳孔里上演着我所陌生的影像。一层阴翳，蒙在了她的眼睛表面，阻挡了我与她的对视与交流。

　　我知道那阴翳的来历。我也知道它的学名。它叫高考。

二

　　这是大年初一，这应该是与父母家人在家欢乐团聚的时刻，可我却在路上。天地间阳光正好，空气中洋溢着一股浓浓的年味儿。几乎没有车辆，路上空空荡荡。是呀，谁会大年初一驾车在路上奔跑呢？

　　我的车上坐着妻和虫。被高考催逼着的虫。从后视镜里看到，她的耳朵里塞着耳机，嘴里发出一个个英语单词。她在练习听力，复习英语。她凝神思考的样子，好像她不是坐在车里，而是在家里的书桌前。年于她仿佛并不存在。

　　而几日来，她其实是以年为敌的。快过年了，老家做喜事的多了。农历十二月二十八日，她的外公做七十大寿。我们从南昌回到了位于赣江以西的老家，为他祝寿。虫无疑懂得为外公祝寿的重要。可是祝寿的场面过于热闹，亲人们堆满了屋子，没有一寸安静的地方，她自然是无法看书写字。我看到她面带微笑回应着亲人们的问候，却在无人的时候皱起了眉头。

第二日，我们回到了离她外公家四公里远的爷爷奶奶家——下陇洲村。为了让她能安静学习，我给她安排了一个楼上的房间，找来了我小时候读书用的桌子和椅子。我们以为她能对她的祖籍地有一定的认同感，能与老家的年和平共处，能做到在老家过年和学习两不误，可是我们错了。

她满脸悲愤地走下了楼。她说年没法过了。一个快过年的老家，到处乱哄哄的，两个侄子经常上来敲门，隔着一栋房子的马路上摩托车一辆接一辆，轰鸣声大得吓人，她一页书都看不下去。从昨天到今天她都浪费两天了，如果继续待着就要继续浪费下去。这怎么可以！你知道两天可以刷多少张卷子吗？你知道现在离高考还有几个两天吗？年每年都要过的，可是一个人一生高考只有一次你知道吗？回南昌吧，求你了爸！

立即回南昌，这怎么可以！陪父母过年，于我们是与虫高考同样重要的事情。费尽了口舌，我才把她劝住。这样就到了大年三十。老家巷落里依稀响起了鞭炮声。年已经近在眼前。这是人人高兴的一件事儿，可她是愁怨的。除夕的团圆饭无比丰盛，可她几乎没什么食欲。我们看着她强装欢颜，对着长辈马虎了事地说着祝福的话语，真是难受极了。

大年初一，我们草草向家乡的长辈们拜完年，就匆匆发动了汽车的引擎。我向年老的父母说着抱歉。颇有几分不安的父母点燃了鞭炮。——那专用来祝福虫高考的鞭炮是父亲精心挑选过的。

我们绝尘而去，奔向女儿的高考。

三

前面的黑板上，用白粉笔黑体写着离高考 103 天的字样。后面的学习栏中，贴满了大概是学生们自己制作的清华、北大、浙大、复旦等名校的校徽——这当然是老师用来激励学生的方式。座位上，坐满了许多和我同龄的人。我们的身份是家长，现在正开着家长会。

老师们依次开始了演讲。他们的演讲风格，各有不同，有的轻言细语，有的语速迅疾，有的和颜悦色，有的一本正经。可他们的表情，集体凝重，如临大敌。他们所说的，无非是自己所教科目学生们的表现，最近考试班级排名情况，在离高考百天里，家长们应该注意的事项，等等。我看见老师们在提到所教课目有进步孩子的名单时，不少家长都面有得色，而提到退步孩子的名字时，教室里有人不由得勾下了头。不过这种情况并没有保持很久，所有人都恢复了正常——还有一百多天，谁知道谁才会笑到最后呢？

最后，一直含笑站在一旁的班主任走上了讲台。她是位并不年轻的女士，身体干瘦，疏于妆扮。关于她的故事早在家长间流传：她足够敬业，是学校里的骨干，长期是高三把关老师，曾经为了教学，把恋爱、婚姻一推再推，至今孩子只有一岁。她肯定是为今天的家长会精心做了准备（可她没有对自己的仪表进行任何的修饰）。在演讲之前，她打开了电视设备。

电视屏幕上的一张张照片里，学生们一齐走上了街头。他们穿着整齐划一的校服，与交警、协警一起在一个个路口维护着交通秩序，并且拦住一个个路人，向他们进行有关交通规则的采访。班主任在旁边解释说，那是她设计的一个户外课程，目的是让孩子们减压。

然后她开始了演讲。她不断地夸赞她班上的学生，夸他们懂事、勤奋、聪明、乖巧，善于沟通和协调；夸他们一个个都非同凡响，身怀绝技，好像她的学生，都是未来的比尔·盖茨、华罗庚、钱学森、周华健（我由此怀疑她是周华健的粉丝）。她说她以他们为傲，她的生命因他们而充盈。

她说着说着竟哭起来，她几乎不能继续她的演讲。她的嘴里只是在重复着说，他们都特别棒，他们个个都是好样的，我对他们充满了信心，毫无疑问他们都将考到全国最好的大学……

我们走出了教室。也许是被老师们的表情所传染，我们一个个表情凝重，如临大敌。在走廊上，原本陌生的我们忍不住交头接耳。大家都说，老师们太不容易了。

四

每晚九点，我和妻，有时候是我们中的一个，有时候是我们俩，会守在一盏离家不远的明晃晃的路灯下。——路灯的后面，是一个车辆众多、灯光昏暗的十字路口。路灯的前面，是一个繁忙的地铁口工地，装着巨大的搅拌机的工程车横冲直撞。路灯的更前方，就是虫就读的学校。虫每晚都要在学校上晚自习。每晚放学后穿过这么复杂的路，老实说我们不放心。

也许我们并不仅仅是不放心，我们也愿意以这样的方式，陪伴着不远处的虫。她在那个灯火通明的青春城堡里，寒窗苦读，挑灯夜战，我们愿意以这样的守候，来分担她的苦。

高考将近，当我们想到，相伴的日子会越来越少，这样的守候，顿时就增添了仪式感。比如，我会经常穿着一件黑呢子大衣，原因是她认为，我穿着它时最帅。比如，我会久久向不远的那座青春城堡行注目礼，似乎是要帮着虫记住她的光和影。我们会对路灯旁的那棵景观树格外留意，因为我们会认为，在我们守候的时段，它的每一片叶子的荣枯都富有情意。

远远看到骑车或走路的虫，我就会跳起舞——或者是虫教我的一种简单的踢踏舞步，或者是几个夸张的滑稽的动作。虫大多数时候会笑一笑，偶尔会骂我一声"神经"。她的笑让我欣慰。我想，她笑了，就意味着沉浸于题海中的她从我的搞笑动作中获得了轻松一刻，意味着疲惫的她真切感受到了来自血缘的支持。

远远地看到无数个放晚自习的孩子。他们都穿着虫的学校统一的英伦风格的校服。那大衣款的校服一群群走在夜晚的路上，让人觉得他们是一群练习飞翔的大鸟。他们会在不久的将来一起找到自己满意的航线吗？

五

我站在菩萨的面前。——那是老家一座叫天玉山的山上寺庙里的菩萨。清明，我独自回到了赣江以西的老家祭祖。然后到县域约见同学、朋友。有朋友把我带到了这里。朋友介绍说近几年寺庙十分灵验，只要心诚，一定有求必应，所以香火极其旺盛。今天正好是菩萨的生日。朋友上山，是特备了香火，向山上的菩萨求福。

天上下着小雨。山有些海拔，越到高处，雨越大，气温越低。我觉得冷。山路上的行人和车辆络绎不绝。及至寺前，但见香烟弥漫，鞭炮声炸天。菩萨的面前无数的信众跪成一片。烟雾与雨雾缭绕中，我看到寺中的菩萨，宝相有失庄严，其眼耳口鼻不成比例，撒上金粉，完全是一副乡下改不了粗野的暴发户模样。可以想见，这是来自乡下泥匠的手艺。

无须隐瞒我是个颇有阅历的人，我拜访过诸多名山大寺，而且我于这座山不过是个路人，是朋友临时把我带到山上的。我还是个无神论者，我从没跪过任何一尊佛。按理此刻我只需袖手旁观，等着朋友求佛完毕即可下山，可我做不到心无挂碍。我有此刻无数向菩萨下跪的人心中同样的虚弱。我的女儿正值人生大考之际。她的高考成败关系到我全家的命运。我的家庭正处于重大的关隘。在菩萨面前，我心里念着：菩萨呀，请保佑我的女儿，考上理想的大学，让她的青春没有苦厄，让我的家庭能够安然渡过难关。

许是山上的寒气太重，从山上下来，感冒袭击了我。我冷，浑身发抖，面色发青。按理我应该沮丧才对。可我并不以为意。我甚至有点儿放了心。我想是菩萨显了灵向我发了力。他借此告诉我，我许下的愿，他是听见了的。

六

每天晚上，妻都要打开电脑，与虫的同班同学的家长们相会在 QQ 里。不知从什么时候开始，同一班的学生家长们背着孩子们建起了一个 QQ 群。在群里，他们都没有名字，孩子的名后面加上爸爸或妈妈，就是他们的称号。他们也没有面目，即使在一起开过家长会，除了少数家长，我们很难与他们的称号对上。可每到晚上，他们就像约好了似的相聚在 QQ 群里，老朋友一样郑重其事地讨论与高考有关的话题。高考，让原本素不认识的人们，成了志同道合的盟友、患难与共的亲人。

他们在群里讨论的话题五花八门，比如最新的一套以"全攻略"命名的模拟试卷的购买地址，适合孩子们高考前补充营养的食谱（每周末，我们必开车去离家不近的碟子湖大道上的清真寺门口买新疆人宰杀的牛羊肉。关于此处有全市最好的牛羊肉的消息，就是妻从群里得来的），孩子们每次模拟考试的成绩排名（排名靠前的孩子家长自然就得到了祝贺，排名下滑的相应也会获得安慰），今年相关科目考试重点的猜测，历届高考状元的考前经验，家长与高考前孩子的相处之道……

在他们的讲述中，孩子们的临考状态也是千姿百态。有的孩子晚上会说梦话，表面温顺的孩子，梦里会说着诸如"杀了你，杀了你"的狠话，只是不知道，他在梦里何以怀着如此深的仇恨，要杀的那个人又是谁。有的孩子会说着与题目有关的话语，似乎梦里依然在刷着试卷。有的孩子与父亲的关系恶化，有一个晚上甚至扬言要离家出走，被母亲死死抱住并反复劝说才慢慢冷静下来。有的对父母郑重其事地说要放弃高考，原因是他对高考这种形式已经厌恶至极。有的正陷入失眠的苦恼之中，总是到半夜也难以入眠，睡前喝牛奶和热水泡脚也不见效，家长在群里问怎么办才好。有的在家里不爱说话，父母百般问询也不置一词，不知道孩子心里在想些什么，让人徒然担心……

离高考还有一个多月时间。如履薄冰的家长们在群里相互打气：加油啊大家。忍耐吧同志。苦日子快熬到头了。

七

可我们还是听到了不好的消息。晚饭时，虫告诉我们，本市某某中学一名高三的学生自杀了。

虫说，那学生上课时突然从座位上跃起，冲出了教室，跨过了教室外的走廊护栏，身体落在了五楼下的坚硬的水泥地上。

虫说，他的头先着地，流了好多血！

虫说，太可怕了！真是太可怕了！

——从9月以来就变得沉默寡言的虫一下子说了好多话。她的语调比平日快。从她的表情判断，她受到了轻微的惊吓。有一种不好的情绪在牵扯着她，而她出于本能，想挣脱出来。她的神态，隐约有了挣扎的痕迹。

我们对这消息并不陌生。整整一天，我们的手机短信、微博及QQ都充斥着它。关于这件事的原委，许多人的解读不一而足：有人说他是单亲家庭的孩子；有人说他长期受失眠折磨，终于到了无法忍受的程度；有人说他的成绩本来不错，可是最近几次模拟考试成绩排名连续下滑，他拒绝接受这样的结果，却选择了如此激烈的方式；有的说，当时老师批评了他几句——他本已不堪重负，老师的批评，成了压死他的最后一根稻草……

他的死让我们悲伤。英国宗教诗人堂恩说："没有人是一座孤岛／可以自成一体／／每个人都是大陆的一片，整体的一部分／如果海水冲掉一块，欧洲就减少。"现在，我们都站在那片叫作高考的陆地上。我们要防止这块大陆上更多的坍塌，防止他的死亡之血继续扩散，并给我的孩子造成精神上的血晕——为了搬移孩子们头上任何压负的阴影、重物，我们必须全力以赴。

我向她开始了表面漫不经心的宣讲。我批判自杀者的鲁莽轻率。我强调生命永远大于高考——多少人没有通过高考的窄门，可一样有了成功的机会。我认为生命的真谛不在于得失，而在于给予——给予社会多寡，才是衡量一个人的价值所在。过于看重得失反而容易让自己的格局变小，患得患失往往是无数心理疾病的源头。我告诫做儿女的应该也要站在父母的角度想一想，对父母来说，儿女的平安远甚于成功与否。他的生命何尝是他一个人的？他纵身跳下一了百了，可他的父母亲人以后该怎么办……

我力求说得若无其事又语重心长，以免说教味太浓招致她的反感。我承认这有一定的难度系数。我掌控得不够好，及至后来，我都觉得我有些啰唆了。我想对她展开告诫，可我发现我充满了告饶。虫并没有说话。她接受我的劝告了吗？

八

必须让家中保持绝对的安静，以让虫能安心复习和做题。我们很早就关掉了电视，虽然妻是狂热的韩剧粉丝。我们打开电脑，但把声音掐死在喇叭里。我们让手机调到振动，一有电话迅速躲到卫生间小声接听。我们把客人堵在门外，请月亮升起在窗前。我们甚至尽量减少在家中的走动，深感灯光下自己的影子都显得多余。

必须有丰富的营养，才能保证孩子应对高考的体力。我们的饭桌上，轮流做的是虫喜欢吃的红烧牛肉、红烧排骨、啤酒鸭、清蒸鲫

（鳜）鱼、山药排骨汤、肉饼莲子汤和时鲜蔬菜。茶几上，摆满了苹果、梨子、猕猴桃、桃子、李子、哈密瓜等时鲜水果。储藏柜和冰箱里，奶粉、酸奶、蜂蜜等食品挤得满满当当。妻常为如何做出一顿好饭菜操碎了心。而我，热衷于扮演采购员的角色，大包小包地把食物拎进了家门。

我减少了出门应酬的时间，为的是与虫一起备战高考。我改变了经常酒气熏天的形象，为的是让家中的气息更加清新平和。我们细心地给家里养的植物浇水，是希望它们陪着虫一起成长。我们把没看完的书放进书架，把脱下的衣服放进洗衣机，努力让家里变得井井有条，是为了让整个家看起来更像个模拟的考场。

夜色已深。我捧着泡好的牛奶，看着虫喝下去，然后轻轻带上了房门。躺在床上，直到看到虫的房间的灯光熄灭，我们才放心地睡去。

九

妻穿起了她难得穿上的旗袍，戴上了她生日时我送给她的红珊瑚项链。惯于素面朝天的她甚至还涂了口红描了眉。虫则穿着休闲的夏装，在她的母亲面前仿佛是个跟班。其实今天的主角是虫，因为今天她要奔赴考场。妻的打扮，是尊崇人们口耳相传的高考服饰美学，旗袍和红珊瑚，取"旗开得胜""鸿（红）运当头"的寓意。

高考终于来了。清晨我们被精心设置的闹钟叫醒。我们刷牙、洗脸、吃着早餐，竭力让这日子看起来跟平日并无二致。可我们都心照不宣：该来的终于来了。所有的努力都要在今明两天得到检验。它是福还是祸，我们不得而知。既然它无法回避，我们唯有精神抖擞地去迎接它。

家离学校不远，可我还是发动了汽车的引擎。天热，我不希望第一场考试虫进入考场是汗水涔涔的样子。我希望她是轻松从容的。——虫放下了车窗玻璃，眯着眼睛，让风吹拂着她，完全是一副假日中的模样。从后视镜里看她的脸色，昨夜她应该没有失眠，她的临考状态是不错的。我们都稍稍放了心。

路上到处都是警察。地铁口工地已经停了工，原本横冲直撞的工程车此刻整齐地停在工地，就像乖顺的羊群，或者慈悲的长者。惯于抢道和轰油门的出租车也不像平常那般粗鲁，而是读书人般的文明有序。我停好车，眼前的一切让我讶异：学校（考场）门口警戒线的前面，是一片旗袍的海洋。

我看见那些与我们年纪相仿的女人，穿着各色各样的旗袍。她们有的浓妆艳抹，完全是节日盛装的妆扮。有的却蓬头垢面，除了那件崭新的旗袍，其他的还来不及收拾，一切看起来是那么匆匆。有的身材消瘦，旗袍穿在身上倒是贴身，气质也与旗袍吻合，可有的身材完全走形，旗袍穿得就有些勉强，腰部有胀开的危险，神色与旗袍也一点不搭，样子就有几分滑稽。可她们集体的表情是不顾一切的，似乎即使天上落下冰雹，也不能阻止她们把旗袍穿到底。

她们的身份是母亲。她们都送孩子来到考场，用身体来祝福她们的孩子旗开得胜。想必这一年来，她们一定和我们一样，吃了太多的苦、受了太多的累吧？

而在学校的大门口，警戒线内，一群穿着红色T恤的人牵着手一字排开。他们是这所学校的高三老师。他们来迎接他们精心培育的学生们步入考场，并以此来祝福学生们鸿运当头。

看着虫进入考场，我和妻不由得都攥紧了拳头。

十

在离考场几百米外的路口，家长们故作镇定，轻声交流，但都引颈而望，目光向着考场的出口。他们来迎接他们的英雄。还有一会儿，高考，让大家长时间喘不过气来的高考，就要结束了。

孩子们陆续走出了考场。他们鱼贯而出，集体走向几百米外的路口。没有人喊口令，但他们的步调几乎一致，表情也大致相同。他们不像往日，骑着单车，让速度产生的风吹动自己的衣襟和头发，或者疾走，大声喧哗，招呼着同行，而是缓慢，无声，脸上充满了迷茫和忧伤，以及耗尽了心力的虚弱无助。——与其说这是一支高考中走出的梦之队，不如说这是一支参加集体送别的队伍。

终于从人群中看见了虫。她与另一个女生一起走着，并且用了我们极其罕见的姿态。在我们的印象里，虫是独立性极强的女生，从小就不愿做小鸟依人状。可现在，她挽着她的同学。似乎是她们都快要虚脱了，需要相互支撑才可以自持。她们多像两个大病初愈的人！

她们似乎在轻声交谈什么。那话题应该是无比遥远的，比如暑假的安排，很早就转学的远方城市的同学信息，这世界她们把握不住的若干部分……刚刚过去的高考题目，宛如伤口，我想她们是不会碰的。

我和妻站在路口，与她们只有几米的距离。可以肯定她看到了我们，可她视若不见，继续挽着女生向前走。她们越过了通往我家的路口，依然没有松手告别的意思。她们的脚步极慢极轻，好像怕惊醒了谁。她们不断地向前走，好像要走到天之尽头。

她的样子，让我心疼。——这个只有十七岁的女生，经过了高考之后，似乎老了好几岁。

我和妻跟着她们，慢慢往前走。妻不自觉地挽起了我的胳膊。我感到妻仿佛也耗尽了心力，需要挽着我才有力气前行。

十一

高考一结束，我就出差了。我想经过了这么长时间的紧张备考，家里总归可以消停几日。可是不行。还在路上，就不断收到妻的短信。她说虫上午去学校估分了。虫回来后脸色不好了。虫把自己关在房间里很久了，叫她也不回应。虫刚刚打开房门告诉妻说，她这次可能考砸了。综合卷有好几道题好像没做对。语文卷阅读题与答案出入很大。她算了算分数，大概在六百至六百一十分之间。这样的成绩，怎么上985、211的学校？读得到什么好大学？我这辈子……

虫的状态越来越糟糕。同学的聚会也不参加。早上过了九点也不起床。妻劝慰她她也置若罔闻。妻想让她散散心，带她参加一个妻的同学组织、熟悉的朋友参加的一个省内户外活动。她不愿去。后来终于勉强去了，可坐在车上谁也不搭理，只把脸转向窗外。到了景区也不下车。进入下榻酒店就死活不出门。妻说，晚上你劝劝她好不好？

好不容易挨到天黑。我打开了微信视频。虫在视频里望着我。她咬着嘴唇，眼睛里噙着泪。她可能是想不哭，可是她忍不住。只一会儿，她的眼泪夺眶而出。她眼睛表面的阴翳依然清晰可见。她干脆放肆地哭起来，声音近乎号啕，五官完全变了形。额角小时候受伤留下的小小疤痕瞬间变得无比触目。她说，爸怎么办？我完全考砸了。南京、浙大、复旦、中山这些学校是没法上了。我不甘心！我都想好了，我要去复读。我要上临川二中（一所离南昌一百多公里的有名的中学）！一年后我再考！

我看着手机里的虫。我从来没有见过她如此焦虑、懊恼、痛苦、悲伤、气急败坏、失魂落魄、咬牙切齿。在我的印象里，她从来都是冷静的。她总是有主见的样子。她一直按照我灌输给她的——做一个能独立思考、内心自由的人，去塑造自己。她看起来一直特别沉得住气。而她也是骄傲的，因为她的成绩一直很好。整个高三时期，她在她的学校的考试成绩一直没有掉出五十名之外。她的学校是南昌最好的学校之一，而她在零班——那是学校高三重点班中的重点。她最好的模拟考试成绩是全校第三名。可是现在，她有了前所未有的挫败感。她的冷静与骄傲，瞬间消遁无形。

我稍稍整理了下思绪，对她进行了艰难的劝慰。我告诉她，成绩没最后出来，你的估分也许并不准确。即使真是六百分，我也不认为你考砸了，中山、复旦、南京、浙大上不了，但可以挑的大学还是不少。高考只是人生的一个阶段而已，何须在这个阶段上耗心力太多？过于偏执人生会受苦。如果认为这次是考砸了，又有什么关系？高考从来就不是人生成败优劣的唯一分水岭，你还年少，未来可以纠错的机会还有很多很多，你想上的学校，考研考博时还有机会上。不要把自己当作与众不同的那一个，要接受自己是普通人的事实，是普通人，就允许自己有失败，原谅自己有过错。相信自己是普通人，就可以不那么脆弱，就可以让自己更加坚韧坚强，即使受到挫折也更加斗志昂扬……如此云云。

有一小段时间她没哭。她似乎在听我的话。可过了一会儿，她又号啕起来。她边哭边说，我一定要复读！我一定要去临川！

十二

我坐不住了。我给上海在大学当教授的朋友打电话，问才成立不久的上海××大学如何？据说全世界不少诺贝尔奖获得者会去讲学，可到现在为止还没有学生毕业，怎么评估它的治学理念？学生毕业后工作远景是否乐观？一座没有传统的大学值不值得信赖？虫报了提前录取，应该可以考上它。我问北京某高校的朋友，说你们学校是不是与西班牙有联合办学的事实？我的孩子如果考了六百分是否可以去，预科读完去西班牙读大学的比例有多少？每年学费贵不贵？毕业后前景如何？我问我在高招部门的朋友，哪些大学适合六百分左右的、想学生物专业的考生？

我查找往年的大学在江西的招生分数与招生人数，我频频进入各种大学的网站。我把适合虫录取的各种信息搞到一个本子上，到了晚上就与妻分析辨别，直到把自己搞得筋疲力尽才肯罢休。

我把虫带到吉安，做报纸副刊编辑的我的朋友安面前。她的女儿高考因失误没考上北大。后来在北大读研，还到国外做了一年交换生，现在在北京一个大的金融公司做投资顾问。安笑着对虫说，那一年高考，分数出来后，女儿倒是没太难过，但她哭了三天三夜……

十三

虫在她的房间，读着过去没有读完的小说。这段时间，她读的是她最爱的马尔克斯的《霍乱时期的爱情》。这么厚的书，正好可以稀释她的悲伤。我在我的卧室里，浏览着电脑网页。我们貌似互不干涉，可我们都心照不宣。

今天是高考成绩出来的日子，是检验虫估分的精准度的时刻。是宣判，是一锤定音，是今年所有的高考家庭屏住呼吸的一刻。

妻上班去了。我向单位请了半天的假。我陪着虫。我守在电脑前，等待着成绩。

规定的时间还没到。可我一次次地把虫的准考证号输入指定的地址，一次次刷新网页。

终于在九点多，网页显示了虫的分数信息：六百四十八分。名列全省八百四十二名。

这不是虫最好的水平，但也不是虫估计的那样糟糕。她并没有考砸。她的综合卷的确没考好，但语文和英语得了高分，部分弥补了综合卷的亏空。

是老家天玉山的菩萨显了灵。是今年大年初一父母买的鞭炮炸出了效果。是妻高考那天穿的旗袍、老师们的红色T恤发挥了作用。是虫一年来近乎苛刻的自制、超乎寻常的辛苦有了回报。

我试了试我的嗓音，努力找到那个正常的音域。我努力让自己声音的节奏变得平缓。然后我用那精心调试出来的声音叫着虫。我感到我的心跳得厉害，眼看就要从我的胸腔里跳出来。可我不想我的声音听起来太异常。我不想吓着她。

她来到了我的卧室。我告诉她说分数出来了，她考了六百四十八分，她并没有考砸。她故作镇定，凑近了电脑。她看到了她的名字、准考证号、分数、全省排名。毫无疑问，是她的估分错得太离谱了。

我突然听到了一声尖叫，紧接着又是一声。那是虫子的尖叫。她的内心积压了太多的委屈、焦虑、担心、无措，此刻唯有尖叫才能释放。

我听到了我的号叫。那是动物一般的号叫。那种号叫，几乎盖过了虫子的尖叫。它既不顾一切又如释重负，它锋利如刀又炙热如火。此刻我才知道，我的内心，也积压了那么多的委屈、担心和无措。我控制不住的号叫让我意识到，在整个事件当中，我也是一个受损之人。

我的泪水忍不住了。我和虫紧紧地拥抱在一起，仿佛两个受难得救的亲人。

十四

HZ 校园内的植物无比丰茂，仿佛森林，可校舍显得老迈陈旧，看得出都是二十世纪的建筑。我去过许多近年扩张建起的大学，校门气派、张扬，里面的建筑现代崭新，花草树木遍布如园林。HZ 明显没有那些新贵那样的奢华与铺张，然而它是国内综合排名前二十的大学。也许它并不屑于用崭新的教学楼、园林一般的花草来表达它的实力。它是穿旧中山装却德高望重的学者，是老牌的绅士，是在南方首屈一指的高等学府。

它接纳了虫。虫将在它的怀抱中成长。

选择大学的过程同样艰难。虫的兴趣在于生物，中学时就在老师指导下学习完三十多本生物学的相关课程，并参加了全省的生物竞赛，获得了二等奖。但生物是屠龙之术，据说全球只有百分之五的生物专科学生可以找到就业岗位。她转而去了解建筑设计。建筑需要想象力，需要绘画能力，需要人文素质，虫自小爱绘画、爱文学、爱艺术、爱文化，说不定能读进去。可理想的建筑专业在同济大学，她的分数够不上，只好作罢。最后，她选择了临床医学。那是与生物离得最近的、应用广泛的专业。这样，她来到 HZ——HZ 的医学院，是我的医生朋友们集体认同的培养优秀医生的摇篮。

报到的前一晚，虫收拾行李。我看到她带了长笛和小说——马尔克斯的《族长的秋天》和陀思妥耶夫斯基的《罪与罚》。这是不错的行李。是的，不管在哪里，不管学习何种专业，从事何种工作，音乐和文学，永远是让梦想得到呵护乃至不断繁殖的元素。

——我和妻来到了虫的新宿舍。经过了一个暑假的搁置，整个宿舍一片脏乱。我和妻打来水，细细地擦洗床位和桌椅。我们想把以前的学生留下的痕迹擦洗干净，让虫有一个全新的开始。

给虫铺好了床。交代虫要多吃水果，要抽出时间锻炼身体，要与同学友好相处，要多参加大学主办的各种活动，出门要注意安全，不可夜归，不可有不良嗜好，不可心生恶念，纵容恶行……

我和妻走出了校舍。我忽然涌起了一阵感伤。是的，虫几乎从没有离开过我们。现在，她要一个人生活。我们的家将分成两半。一半是在外省的她，一半是在南昌的我和妻。之后的我们，会怀着怎样的牵挂和惦念？

我们是一直搀着她的。现在，手松了。以后的路，她要自己走。她从小到大都无比顺利。未来，她有了挫折，是依然无措，哭泣，还是会越来越坚韧坚强？

HZ 远了。我和妻握着手，相顾无言，听凭马达声响个不停，道路在出租车的轮下卷起。

血脉中的回声

在商业大厦的上空我猛然看到
我爷爷的面孔。我一眼
就能认出他来：一个没有童年的老人。
……他曾经为他识文断字而自豪，
但这世界上早已没有他的立足之地。

——西川《方圆数里》

一

我的祖父是一个爱读《三国》的人。——他熟悉《三国》中的每一个细节。我这么说一点也没有夸张。我不止听一个人这么说起过，我的祖父对《三国演义》一百二十回中的每一回都如数家珍。他熟悉《三国》里的每个重要人物的脾气、使用的兵器和与之相关的故事，就像熟悉他生活中的每一个人。他甚至能够完整地背诵出里面的许多诗句和精彩章节。

我的祖父远不是满腹经纶、动不动就对时局高谈阔论的饱学之士，也不是家中藏书万卷的书香门第的后裔。他只不过是个农民，一个略识文字的农民。因为他的父亲在故乡开了一家杂货店，家境还不算太坏，祖父年少时读过几年私塾。可是后来，祖父并没有依祖父所愿成为吟诗作赋、知书达理的白面书生，他成了一个乡村屠户，一个与时局毫无关联的乡村手艺人。

我的祖父年轻时多少还是有些过人之处。他生得膀粗腰圆，体型彪悍威武，俨然古籍里的壮士。他的力气非常人所能比，曾经与人打赌，搬起祠堂里约三百斤重的铁钟围着天井迈步；又用牙齿咬过一大箩筐黄豆噔噔噔上楼。他甚至徒手打死过蟒蛇，其场面至今偶尔有人说起都让人感佩不已。他还懂得一些拳脚，喜欢与故乡方圆十里八乡的许多江湖人士切磋武艺，再加上他重情义、讲义气，便与许多人都成了拜把子的兄弟，甚至离故乡百里的吉安府都有他的金兰之交。可是他的脾气并不是太好。他一不顺心就会暴跳如雷，有谁得罪了他，他会提着剔骨尖刀把人追得抱头鼠窜，让二十世纪三十年代初的故乡鸡飞狗跳。而他高兴的时候，他豪爽的无遮无拦的笑声响遏行云，五里犹闻。

我的祖父天生是个军人坯子。我想如果祖父参了军，他会成为一个许世友式的英雄也说不定。祖父成长的年代，正是乱世：军阀混战。中原大地狼烟四起。毛泽东率领秋收起义队伍浴血罗霄。然后是抗日战争和解放战争。然后是中华人民共和国宣告成立……

故乡所属的吉水，亦是一块烈士喷血的战场。位于赣江以东的离故乡百余里的水南镇，正是以毛泽东麾下大将黄公略命名的公略县治所在地，毛泽东撰文赞赏的、与方志敏式的根据地齐名的李文林根据地的创建者李文林，就是吉水人氏。而跟随毛泽东马上夺天下者，更是数以万计，后来成为共和国少将的吉水人，就有十多人。

乱世从军，正是热血男儿建功立业的坦途。狼烟四起，正召唤天下英雄中原逐鹿、华山论剑。英雄不问出处，壮士起于草莽，虽战死疆场又有何哉！脑袋掉了碗大的疤，二十年后又是一条好汉。

祖父没有做一名军人是因为命运。他曾经两次磨刀霍霍要投奔军营，第一次，他走到红军正在招兵买马的镇上，并且真的穿上了几天军服，可还没有走上战场，身体一直像牛一般壮实的祖父竟然莫名其妙地生了一场大病，他不得已被部队遣送回了故乡。第二次，祖父与村里的一帮壮实男子走了几十里路去投奔红军，可遇上军营已按计划招满了人，暂时又没有足够的粮草养活更多的人，花光了盘缠的祖父和乡亲无奈，只好返回故乡。

祖父没有像古籍里写的那样得遇贵人相助，被能够左右历史的人慧眼相识。他多少有些时运不济。祖父后来再没有行伍参军的打算。当然其中的玄机不甚了了。也许是与太祖父从中作梗，要留下祖父为他延续香火有关；也许两次投军失败以后，祖父自认为自己天生没有行伍的命，便含恨绝了念头。

从此，娶妻生子，种地杀猪，直到终老。这是命运的着意安排，祖父焉能不从？

二

大约在二十世纪三十年代中期行伍参军的梦想破灭以后，我的祖父托人到吉安府购买了一套《三国演义》。他花了三块半银元。这对一个乡村屠户来说，可以算得上一笔不菲的开支。至今依然活着的祖母每说到这事就忿忿然："这老棺材！"——他花上三块半银元买下的，为什么不是《水浒》《红楼梦》，或者别的什么？这其中隐含了祖父怎样的趣味和机缘？

……遥想二十世纪三四十年代，一盏昏黄的煤油灯下，我年轻的祖父劳作之余，床上振衣坐起，拿起其中的一卷，小心打开昨夜折叠的地方，又开始了对《三国》的阅读。满纸的烽烟四起，而深夜展读的祖父如坐拥江山的君王，所有的文字都化为英雄和美人、城池和兵马、刀枪剑戟和时运玄机：关云长青龙偃月刀，温酒斩华雄；张翼德大闹长坂桥，一吼乱曹营；曹孟德横槊赋诗，文韬武略；赵子龙单骑救主，义薄云天；周瑜浔阳点将，英姿勃发；诸葛亮羽扇轻摇，江山渐改颜色。城池霎时易主，主公危在旦夕。上天助我草船借箭，锦囊妙计又解重围。屋内半夜沁凉，而纸上正与马超拼杀的许褚裸露的背上热气腾腾。窗外雨声潺潺，而书中喊杀声震天。眼前突然一道锃亮的寒光，不是春天穿过窗台的闪电，是一千多年前月夜某条神秘小径上大刀的折光。天下合久必分，分久必合……欲知后事如何，请听下回分解……身边的祖母在睡梦中发出了一声不满的嘟囔，而祖父用手蘸了点儿口水，把书翻到了又一页。窗外天色微明，而祖父依然沉浸于掌上的春秋，毫无睡意……

在二十世纪三四十年代几欲颓败的中国乡村，故乡的一幢老宅子里，祖父享受着浩大的精神盛宴，与千年前的英雄风云际会。这个满怀凌云壮志却时运不济的年轻农民，他现实中未竟的梦想在《三国》中得以一一实现。他时而是守城的悲剧将领，时而是攻城的慷慨壮士，时而是老谋深算的帐中谋臣，正为将自己慧眼相识于草莽之间的主公制定国策大计，时而又是两军交战中的使臣，在他人帐下巧舌如簧……

同样是乡村屠户，同样有一身好力气和火爆脾气，祖父仿佛是未发达时的张飞，依然干着剥牛杀猪的营生，而张飞正替代祖父，在蜀军帐下听令，率领十万将士浩浩荡荡走在行军的路上。……故乡老宅子里磨得光亮的屠刀，正适合挑战阵前叫嚣的对手，而稻田里开始变黄的稻子，正可以用作秋后三军将士的粮草……

　　一套《三国》，在祖父的年轻时代，是可以浇胸中块垒的烈酒，是冬天里的暖阳，是炎热夏季里的穿堂凉风，是对应于平庸现实的壮阔梦境。凭着一套《三国演义》，祖父的凡常生活变得无比生动起来。我仿佛看见灯光下祖父嘴角毫不自知的笑意，他满是血丝的眼睛变得无比光亮……

　　而现实中命运对祖父的捉弄远没有结束。二十世纪五十年代，一场灾难降临在我们整个家族头上。我的故乡是一个八姓杂居的村庄，各姓之间的争斗此时借助政治的烽火到了白热化的程度。曾姓在斗争中处于劣势，曾祖父因此被故乡定为"地主"。曾祖父不多久就气绝身亡。而到了六十年代"文化大革命"爆发，我们整个家族才知道这顶帽子到底有多重。

　　我的祖父五花大绑，跪倒在全村人的面前。带刺的篾片，一次又一次抽打在他被剥光了衣服的脊背上。他宽阔的脊背，顿时血肉模糊。邻里乡亲组成的人民的振臂高呼声震天，而祖父一言不发。人们突然发现，当年那个提着刀把人追得抱头鼠窜的血性汉子，那个提着三百斤重的铁钟或者咬着一大箩筐黄豆上楼，在众人的注目中得意非凡的角色，瞬间变成了一个打不还手、骂不还口的可怜虫。

　　他的亲兄弟——我的大祖父由于不堪忍受折磨上吊自杀，他没有流一滴泪水。人们骂他"封建"——所谓"封建"，不是指他的思想多么陈旧保守，而是"封建把头"的简称——我的祖父低头认罪，对所有人的辱骂都逆来顺受，对哪怕三岁孩子也笑脸相迎。

祖父知道他不能死。他屈辱地活着，就是为了让由他衍生的整个家族免去倾巢覆卵之灾。

而此时，唯一能给祖父带来安慰的，恐怕就是他年轻时日日阅读的《三国》了。听祖母讲起，他有时整夜整夜地阅读《三国》。

风吹动着眼前的煤油灯。灯光危险摇荡。床前祖父的阴影沉重如山。他被鞭挞过的脊背隐隐作痛。他把头再一次地投进《三国》的纸页中。——他是否把自己当作三国中的黄盖，认为所有的鞭挞只是上苍对他实施苦肉计？或者自己就是正被刮骨疗伤的关羽，疼痛过后所有的伤口都会愈合？他是否认为苦难一定会过去，就像《三国》所揭示的，世界合久必分，分久必合？

而祖父在"文革"中读《三国》的感受，从没有向任何人说起过。在祖母的描述中，祖父一直沉默寡言。除了知道他在苦熬，没有人知道他心里在想什么。

——他会想些什么呢？

三

我的祖父终于在七十年代末把全家带到了安全地带。然后，他迅速走向了衰老。经过了"文革"前后长达十几年的忍气吞声，他晚年的脾气变本加厉。他骂他的已成家立业的儿女们，丝毫不顾及他们做了大人的脸面，有时甚至到了在饭桌上摔碗的程度。他动不动就对祖母吹胡子瞪眼睛，经常提了锅灶瓢盆一个人单过，把自己搞得满脸锅灰手忙脚乱狼狈不堪才肯罢休。他的意识里似乎总有一个远比他强大的对手，他想打败他，而他根本看不见对手到底在哪里。他的焦躁和暴烈由此而来。

但祖父疼我。他面对我时的眼神里总是充满了他难得的慈爱。他把亲戚来看他时带来的饼干、糖果一股脑儿地给我吃。他让我陪他睡觉，他身上的那种乡村老人才有的烟火气息让我至今依稀可闻。我挨了父母的揍，他闻讯后会急急赶来，大声斥骂我的父母，然后满巷子寻找天知道躲到哪里去了的我——他在巷子里回荡的唤喊声充满了焦虑和牵挂。他还给我讲《三国》："只见张飞倒竖虎须，圆睁环眼，手持蛇矛，立马于桥上，厉声大喝：'我乃燕人张翼德也，谁敢与我决一死战！'声如巨雷……""欲知后事如何，且听下回分解。"一个平常的夜晚在祖父拿腔拿调的声音中陡然变得充满悬念，意味深长。黑夜中，听着祖父的鼾声，我睁大眼睛，对遥远的历史，充满了向往。他还教我背诵《昔时贤文》，指望我从中学会些做人的道理。他教我练习拳脚，希望我能借此强身健体。他中风后给我做示范动作时几欲摔倒的样子，我至今想起就忍不住要笑出泪来。

可我小时候简直是一个无恶不作的孩子。我打架，偷窃，装神弄鬼，刁钻狠毒。我曾经把一个与我打架的同学胸前的圆珠笔拔出，毫不犹豫地插进了他的太阳穴。我还对一个长辈破口大骂，咬牙切齿地扬言要杀了她。我曾经把父母仅有的十块钱偷来全部买了糖果，父亲发现后把我吊起在楼梯上用牛绳将我抽得半死。我还经常在晚上躲在黑暗处吓我的伯母大婶们，有几次把她们吓得魂飞魄散，呼吸不匀。我干了坏事会经常整夜整夜地不回家，邻居家的猪圈就是我最好的避难所。我还有点好逸恶劳的德性，为了逃避劳动我会躲在自己家的楼上。我像只过冬的老鼠，在楼板上的稻草堆里蓄满了可以吃的东西。如果"有难"，我就会偷偷溜到楼上，心满意足地过着自认为丰衣足食的日子。

几乎所有的人都讨厌我。我的班主任经常让我跪在华主席的像前。

我去老师办公室交作业，我的数学老师会打开抽屉告诉我，他的办公室里不会放钱。全校老师把我当作反面教材，对同学们进行说教。我整天不落屋，父母从来不会找我。有一次我的父亲盛怒之下，伤心欲绝地说生了我这样的儿子不如绝种。

为什么我会变成这样一名不良少年？我的故乡是一个资源短缺、弱肉强食的地方。由祖父祖母衍生的家族这时候已经膨胀成了几十口人。我的父母天性懦弱，成天被村子和家族的人揶揄，甚至欺负。由于从小见多了亲人之间的倾轧和故乡人性当中的恶，我内心与生俱来的温度逐渐散失。我变得好斗，叛逆，歹毒，没心没肺和薄情寡义。

只有祖父疼我。——我不知道祖父对我是出于人性中共有的舐犊之情，因为我是他的长孙，是他百年之后要端着他的祖先牌位护送他上山的人；还是祖父从我身上看到了他小时候的影子，好斗叛逆的我正是他少年时代的翻版？或许，不管我多么顽劣，依然是我的整个家族历经种种磨难后看到的一个希望？

可我对祖父对我的好并不领情。

为了经常可以吃到亲友们买来探望生病的祖父的食品，我竟希望祖父永远病下去。

因为怨恨他没有及时喊醒我看村里后半夜放的电影，我暴跳如雷，号啕大哭，破口大骂。我竟然骂他"封建"！我记得他当时有点尴尬，可他并没有发作，反而像个做错了事的孩子。

他中了风的那个晚上，他躺在床上口齿不清，亲友们围在他的床前，我不仅没有表示应有的难过，反而在听到他把刚进门的大姑父的名字"茂香"喊成"茂德"时，我还嘿嘿嘿地笑出声来。

他快要死的时候，我竟然在他还没有咽气的空隙，快步跑到村里的晒场，向正等在那里的人发布关于祖父的消息。我对他们眉飞色舞地说，快了快了。我说最多半小时，祖父就会死。他现在吸进去的气比呼出来的少。我还煞有介事地打了个比方，我说，比如他现在呼出来的是六口气，吸进去的就只有五口了。等到他呼出最后一口气时，他差不多就死了。

…………

至今想起来，我是多么少不更事啊！

四

祖父死于一九八二年农历七月初五。那一天他理了个发。刚才他还和比他年轻得多的理发师谈笑风生，说古道今，随着理发师收拾好工具离开家门，祖父突然就不行了。他的发须平整洁净，而他的身子软得就像一摊烂泥，即使在场的我、堂哥和四叔三人奋力把他架起，也是无法站立。他瞳孔里的光像水波一样急速散去。他一躺在床上，就迅速陷入了临死前的昏迷。一个时辰后，他呼出了他在人世间的最后一口浊气。他死了，死前没有任何挣扎的痕迹。

净身，更衣，入殓……祖父脱下了他平日那身十分老旧的黑粗布衣衫，头戴礼帽，身穿一身崭新黑亮的对襟寿衣，样子就像是一名有头有脸的旧式乡绅，正陷入赴会前的闭目养神。他的与身份不合的装扮让不懂事的我觉得多少有几分滑稽。而他的表情安详沉静，满是皱纹的脸上既没有终于脱离苦海的欣喜，也没有被迫与亲人永别的悲伤和无奈，更没有一生壮志未酬的不甘。这个脾气暴烈不肯服输的男人，临死前终于露出了他难得的好脾气——他向死神悉数投降，双手握在胸前束手就擒。他死的时候 69 岁。

时光荏苒。今年我 36 岁了。我没有如家人所担心的那样，成为一个盗贼、罪犯或者泼皮。正好相反，我成了一个好人，一个正直、善良的人，一个懂得敬畏的人，一个内心充满暖意的人。我重情义，讲义气，喜欢广交朋友，颇有些祖父遗风。而忆起童年，我是何等羞愧难当和懊恼！我知道，是祖父对我的疼爱重新点燃了我内心的温度。——他当年种在我心里的那颗叫爱的种子，至今已经成材，摇荡着温暖日光。可以这么说，祖父的疼爱，对我无意于拯救。

我想念我的祖父了。我想他对我的好，想他身上乡村老汉特有的烟火气息。我有很多的问题想问祖父。我想问他为什么叫少年的我读《昔时贤文》、练武术，他究竟希望我成为怎样的一个人？我至今成为了一个以写作为生的人，是否已让他满意？如果当初我不是年少无知，他还有多少秘密会向我倾诉？会有多少道和术要向我传授？

也许是受了祖父的影响，我也成了一个爱读《三国》的人。我以为，一部《三国》，既有张飞大闹长坂桥、关云长温酒斩华雄的英勇，亦有吕布爱貂蝉式的英雄和美人之间令人唇齿生香的爱情；既有国与国之间的相互倾轧争斗，也有英雄与英雄之间肝胆相照的生死友谊。国家与个人，阴谋与智慧，生与死、恩与仇、爱与恨，令人奇妙地整合在这一百二十回构成的奇书中。它不仅关乎政治、经济、文化、军事，甚至气象、医术、宗教等等也无所不包。它不仅是中国古代三国时期群雄逐鹿的艺术再现，更有对中国历史规律的生动揭示。

今天，当我捧读《三国演义》颇有体会的时候，我想面对面地与祖父交流彼此的阅读感受。我不知道祖父对《三国》中的哪个人最为喜欢，是张飞吗？祖父与张飞有太多的相似：他们一同生于草莽，一同身陷乱世之中，一样是屠户，还一样有一身好力气，性子都急躁。当然，也许是那个赤膊与马超拼杀的许褚。祖父也喜欢舞刀弄枪，如此的与对手快意比试武功，定也是祖父最为向往的了。关云长、赵子龙义薄云天，一生重情义、讲义气的祖父把他们当作立世楷模也说不定。

还有，祖父年轻时读《三国》，与他在饱受屈辱和鞭挞的知天命之年的赏读，心境上有哪些不同？一部《三国》，让他从中学会了什么？他的为人处世（他一生从未有负于人），与《三国》又有何关？

我想，祖孙二人在故乡的阳光下对谈《三国》，一定是一件非常有意思的事情。可是，祖父已经不在了，永远的不在了。

至今祖父死去已经二十多年了。在我的故乡——江西吉水赣江边的一个叫下陇洲的村子，祖父曾经生活过的痕迹基本上已经消失殆尽。

他曾经被叫了六十多年的名字已经鲜有人念起。

他的后代已经住进了崭新的楼房里，他曾经居住过、点着煤油灯夜读《三国》的老屋已经颓圮。

与他同辈至今活着的老人们也都差不多要忘记他了，每每说起他来总是含糊其词，模棱两可。他的形象甚至在仍然活着的年近九十的祖母的记忆里也是支离破碎，每当我向祖母打听那些与祖父有关的陈年旧事，祖母总是嘟嘟囔囔，口齿不清，仿佛她的那座叫作记忆的园子已经荒芜一片。

经过时间的改头换面，我的兄弟们已经没有一个人长得像他，当然也没有一个有着像他一样的坏脾气。

即使在我——曾经得到过他最多疼爱的他的长孙的记忆里，他的模样也已经有了几分模糊。我不记得他在世时是否爱饮酒，疲乏的时候是否会抽上两口烟，他高兴的时候是一副什么样子，悲伤的时候又是怎样。

他的遗像（根据他在世时唯一的照片所绘）就摆在我老家房子里的香案上——他头戴礼帽，目光阴郁锐利，仿佛是传说中兵败受缚的义军首领。每次过年回老家，我都要盯着他看了一遍又一遍。我的眼前总是一阵恍惚：这个人是否真的活过？他曾经有过怎样的爱好和趣味？他还有多少事情不为我所知？

——时间无情，当我们回首，它的怀抱中，总是飘荡着亡灵的身影。人世如废墟荒凉，当我们置身其中喊上一声，远方传来的，只是空荡荡的回声！

《三国演义》卷首的那首《临江仙》宛如一声遥远的喟叹：

> 滚滚长江东逝水，浪花淘尽英雄。是非成败转头空，青山依旧在，几度夕阳红。
>
> 白发渔樵江渚上，惯看秋月春风。一壶浊酒喜相逢，古今多少事，都付笑谈中。

五

我只有把对祖父的怀念，寄寓在《三国》中。每当捧读《三国演义》，我知道，我所阅读的，不仅是千年前的英雄传奇，也是我祖父的苍凉一生。

而那套几乎陪伴了祖父终生的《三国演义》，至今已经残缺不全了，就像祖父整个的人生，已经不复完整。

祖父临死前一年念叨得最多的就是他曾经花了他三块半银元买下的《三国演义》。他多次痛恨自己的轻率，把它借给了邻村一个并无多少诚信的人。祖父借给他的时候，还多少留了个心眼，留下了六卷，原本是做好分两次出借的意思。但那个人一直没有还给祖父。并且，自从把《三国》借走之后，这个人再也没有在祖父眼前出现过。也许那个借书的人压根就忘了他还书的承诺。对他来说，不过是几本破书而已，还不还算不得多大的事儿。是啊，在二十世纪八十年代初的乡村，哪里再找得到像祖父那样热爱《三国》的人呢？

祖父只有日日催促我的父亲和叔叔，要他们去向那个借书的人家里专门索回。可是我的父辈们早已厌烦了这个老头的啰唆和暴躁。对他们来说，他们已经受够了。他们压根没有按照祖父的意思去做过。也许他们成心不想让祖父得逞。而在中风之后，祖父无力的双腿再也迈不出自己家的门槛了。

祖父死的时候没有留下任何遗嘱。他死去多年后，祖母偶尔梦见他，也是彼此间形同陌路。我想，他早已经厌烦了这个世界。他已经完成了一生的使命。而对他年轻时买下的《三国》的牵挂，可能就是他最后的心愿了。

几年前，我在老家的柜子里翻到了那剩下的六本《三国演义》。那是极老的版本，全图绣像，竖版繁体印刷，每个页码都标有"大上海书局藏版"字样。金圣叹眉批，茂苑毛宗岗序始氏评。每一本经过时间的浸淫濡染都成了酱色。许多页码破损程度不一。一些页码还保留了祖父当年的折痕。揭开有簌簌的脆响。

——我双手捧着这六本《三国》，就像捧着一件圣器，一件传世的珍宝。我知道，那是祖父曾经日日诵读的经书，也应该是我们在磨砺中分蘗的整个家族的见证。他珍藏了祖父的呼吸与心跳、脾性与温度、人格与信念、遗恨屈辱和离合悲欢。如果我相信人的精神不死，那么祖父的英灵，就常驻在这《三国》之中。

曾经几次差点梦见祖父。我看到了他的背影，他头戴礼帽，手持文明棍，身体依然魁梧彪悍，正向前疾步行走，正是我少年时见到的模样。我在梦里拼命喊他，也许是梦里的风太大，他总不肯转身，让我一睹他往日的容貌。我的喊叫声越发凌厉，仿佛裂帛，可祖父越走越远，转瞬不见。在梦里，我绝望地哭了。醒来，满脸全是泪水。半夜里我索性披衣坐起，任凭泪水在黑暗中横流。

今夜，我又想起我的祖父了。我小心翼翼、郑重其事地翻开六本残本《三国》，以此感应祖父的魂魄，在字里行间寻找他辗转的轨迹——

祖父。我轻轻地唤了一声。我顿时听见了我的血脉中传来巨大的回应声。

辑二：远方

金属之城

对浙江永康的记忆，来自童年——哦，让一个中年人说起小时候，这是一件多么尴尬和矫情的事儿！可这会儿，非如此不可——那时候每到冬天时节，就会有人来到我们的村庄。他们挑着挑儿，一步三摇，仿佛承受了自己不甘承受的苦行。可一到村口，他们的步子就努力变得轻快起来。那领头的头发梳得溜光，唇上刻意蓄的八字须开始抖动，脸上装上了甜蜜的、渴望得到回应的笑意。他跟谁都不认生，好像他是本地人似的，可是他的口音，与我们的完全不同。他与路上的所有人打着招呼，介绍着自己，拉着家常，不管人们理不理他们。而他后面的，比他年少的同伙（一半是弟弟或者别的亲密关系的人）都配合着他，脸上笑容可掬，却不发一言，专心挑着自己的担子。村里路上的人们敷衍着他们，然后在脑子里搜寻好一会儿才反应过来：这几个浙江永康的锡匠又来啦！

他们会穿过大半个村庄，来到我的文炯爷爷家门口。领头的笑得更加甜蜜、谄媚，唇上的八字须抖得更加厉害了。他紧紧握着闻讯出门迎接的我的堂爷爷文炯的手，说着无比动听的话语，语调的变化颇为夸张，好像他不是为生活所迫寻找下榻之地的异乡人，而是远游的儿子回到了家乡。我堂爷爷文炯，是我们村里年长者中少有的识文断字的人。他在几年前接纳了这一支异乡人的队伍，并且在他们的恳请下担当起了他们的干爹的角色。——他们把担子放置在堂爷爷家的厅堂，拉起了风箱，干起了打制锡器的营生。

他们在堂爷爷文炯家摆开了阵势。乡亲们闻讯赶来，带着他们已经不成样子了的锡器。那是一些漏酒的酒壶、变形了的烛台……被风箱鼓动起来的火光，暂时消弭了本地人与外省人的差异，在火光面前，他们共同的穷人才有的谨小慎微和逆来顺受的表情让他们难分彼此。然而，我们看到领头的收敛起了仿佛水一样随时要溢出来的笑意。他的表情在火光面前变得隐忍、沉着、机警，仿佛一个森林里静静等待猎物的猎人。而他的同伴，匀称地拉动着风箱，配合着他的行动。他们的样子让我们相信，奇迹正在发生。

那些破旧的锡器在火光中慢慢熔化……那是一只原本沉睡在酒壶、烛台造型里的猛兽。现在，借着温度，它正在醒来，骨骼在嘎嘎响动，喉咙里发着我们听不见的嚎叫。那几个原本表情过于活络的锡匠，训练有素地看着锡在上演着变形记，一边劝开我们这些围坐在火光前的好奇的脏孩子，一边小心剔除滚烫的锡液表面的杂质，就像给一只猛兽轻柔地顺着毛皮，尝试着让它放松下来……而他们的目光集体变得锐利，举止间似乎更合乎某种我们不知道的千百年形成的范式，好像他们来自一个古老的炼金家族……

他们小心翼翼地端起滚烫的锡液，倒入一个奇怪的模板中。锡在奔跑，仿佛猛兽挣脱了牢笼，四蹄撒开，向着遥远的山林。可那是徒劳的。它遭到了他们的堵截。他们举着尖嘴的锤子，对着它敲打。一种急促的敲打声从厅堂涌出，在冬天的故乡巷子里回荡，整个村庄更像极了一座围猎的猎场。……我们看见那崭新的锡正在束手就擒，它急剧冷却，坚硬，重新睡去。它的表面，隐现着一排排整齐的圆点，仿佛牙印。那是锡匠捕获猛兽的手工印记，是这个古老的炼金家族光荣的族徽。——随着熔化、压片、裁料、造型、刮光、装接、擦亮、装饰雕刻等一系列工序，我们惊奇地看见，那在岁月中蒙尘乃至损坏的锡器，经过了魔术师一样的锡匠的手，重新变得崭新如初。我们疑惑，有没有一种工艺，能像锡匠一样，清除我们身上我们不满意的、受损的部分，让我们在火光中得到冶炼，让我们变成挺括、簇新的、理想的样子？

　　……三十多年后，我接受了朋友的邀请，来到了位于浙中地区的永康。从我的故乡到永康，大约有八九百里的路程，过去的锡匠大约要走上十天半月，而现在，我乘坐高铁从我工作的江西省会南昌出发，只要两个多小时就可到达。而三十多年的时光给予永康的远不仅仅是交通的变化。今天的永康，早已不再是那个要脸上堆满笑出门讨生活的贫瘠虚弱之地了。中国五金之都、门都（据说整个中国 70% 的门都是永康人做的）、口杯之都、炊具之都等头衔让她在整个浙江乃至全国，都有了相当的名气。

　　我是为探亲而来。我想知道童年所见的永康人，现在变成了什么样子。在朋友的领引下，我来到了据说是永康国际会展中心。在占地据说是 17.6 万平方米的会展中心，我看到了永康人巨大的创造和生产能力。那是与我们的生活息息相关的生产：有众泰汽车、收割机、插秧机等大型工农业机械，也有各式各样的门、水杯、煤气灶、菜刀、梯子等日用品。永康人的生产，把我们的衣食住行都囊括其中，让我们每一家，从卫生间（花洒、水龙头、浴霸）到厨房（刀具、电饭煲、高压锅、微波炉）到客厅（铁水壶、茶叶锡罐、果盘）卧室（桌椅、旅行箱）乃至阳台（晾衣架），都被她左右……

　　——值得指出的是，永康国际会展中心几乎所有的陈列品，永康人几乎所有的创造生产，都与金属有关，都由铁铜锡铝等金属为材料制造，指认出永康是一座有着金属属性和品质的城市。这是不是意味着，永康人的基因里，天生有着对金属的驾驭能力，永康人的传统中，包含了传说中神秘的炼金术？我不由得想起童年时代的锡匠，他们在锡面前，是如此熟稔和兴奋。从锡匠到今天永康国际会展中心里的陈列品的制造者，他们来自相同的炼金家族吗？在永康，我当然找不到童年时的锡匠（我连他们的姓名都不清楚），但我保证我捕捉到了他们的行踪。在永康国际会展中心，一只据说是手工制作的锡茶叶罐上，我看到了一排排隐约的敲打过后留下的圆点，找到了这一古老的炼金家族的标记。那是这个炼金家族血脉绵长依然纵横江湖的证据。看到这一排排小小的排列整齐的圆点，我的耳边似乎就听见了童年时响彻在我的故乡巷落里的急切的敲打声……

他留板寸，戴眼镜，嘴角时刻露出一丝嘲讽的笑意。他年近四十，未婚，无工作。他通中药，是一名科班出身的药师，据说谁拿一把草药给他，仅凭鼻子闻就可以知道草药的药名和保存的年份。然而，他并没有走开药房的路。他成了一名作家。可他没有加入任何文学组织。他是个独来独往的野物。他自称是"无组织无纪律的写作者"。

他拐入写作这条不归路实属偶然：几年前，他在天涯社区看《煮酒论史》栏目里的历史文章，不免手痒，就化名为江南药师，写了几十篇从草木中药出发解读中国历史的文字。那些文字无比有趣，极其强调身体和病理在历史中的作用，比如他追究张居正吃海狗鞭，导致痔疮出血不止身亡，引发了明王朝的加速崩塌。这些作品在天涯社区产生了很大反响，有出版社还将这些文字结集出版，名曰《本草春秋》。尝到了甜头的他从此一意孤行，向着历史的深处走去，从而离他原来的中药专业越来越远。

历史对他是一门全新的学问。可他毫不畏惧。他一切从头开始，埋头苦读，他读经史子集，读《战国策》《左传》《史记》《资治通鉴》，读老子孔子庄子孙子，读秦汉魏晋南北朝唐宋元明清史，读郭沫若吴晗、钱穆的《国史大纲》、黄仁宇的《中国大历史》……他把历史翻了个底朝天。自然，他看到了历史中最灿烂的风景。

然后他四处行走。他是古人倡导的知行合一理念的践行者。他遍访历史遗迹，从孔子的家乡山东曲阜到刘邦与项羽的核下之战发生地安徽灵璧，从发生过赤壁之战的湖北咸宁到龙门石窟的河南洛阳，从东林书院所在地江苏无锡到发生了辛亥革命的湖北武汉……他没有工作，也就没有经济来源。为节省资金，他坐最慢的绿皮火车，吃最便宜的当地小吃，住最便宜的旅馆。可他的外表从来没有困顿猥琐之感。他的内心无比富足。他的神情无比笃定。他吃着路边小吃却仿佛吃着满汉全席。他随身携带的破旧旅行包里空空如也却仿佛是把整个江山背在肩上。他像行吟诗人一样神采飞扬，像老僧一样坚如磐石。

在行走的路上，他的思维总是得到激活。他总有无数奇思妙想，无数让人拍案叫绝的发现，证明了他非常适合干这一行。在武汉，看着满城的车辆后面的车牌显示的省份标识"鄂"，想起武昌起义打响了推翻清政府的第一枪，猛然觉得："鄂的字形，岂不正是像一位双目圆睁、张口呐喊的愤怒汉子——这汉子脑后还拖着一根长辫！"在赣南，从他坐车经过的一根根电线杆上贴出的寻人启事上的照片中，他把握住了赣南客家的行踪："这张从龙岩追踪到龙南的寻人启事，坚韧地向世人宣告：客乡又有人重新出发，恢复了'客'的身份。……他与家已经相互失落，或者说，无论出于什么原因，他又一次将家远远地留在了身后，孤身一人踏上了吉凶未卜的陌生道路，就像过去千百年间，曾经来往于这片土地上的无数过客一样。"这些句子彰显出的灼灼才华和虎虎生气引起了我的惊叹。它们当然来自路上。毫无疑问，它们无法被躲在书斋里的写作者炮制出来。

这个习惯在路上的人终于有一天来到了南昌。按照我们在短信里约定的地点，我远远地看到了他。我叫着他的名字：骁锋！他猛然转过头来。我看到留着板寸、戴着眼镜的他嘴角嘲讽的笑意。他慢慢伸出手来与我相握。他眼睛里的光有着他乡遇故知的热切。他告诉我，这一次从离家到今天，他已经一个人在外面游荡半个多月了。这半个月来，他辗转走了几个省，行程数千公里，没有遇见一个认识的人，他的名字，没有一个人喊过。他都快把自己的名字忘了，直到今天，被我唤醒。

阅读与行走，让这个姓郑名叫骁锋的人写出了与众不同的文字，有了不错的收成。几年来，他成为《百家讲坛》《江南》专栏写作者，《中国国家地理》特约撰稿人，中央电视台科教频道诸多纪录片撰稿，撰写了《太湖画脉》《帝国的黎明》等大型文史纪录片文字脚本，出版了《逆旅千秋》《眼底沧桑》《落日苍茫》（实则是《逆旅千秋》的台湾版）等历史散文集，成为声名鹊起的历史题材写作的多面手。

郑骁锋并不满足于此。他有了更大的野心。有一天他向我宣告，说要写一部八十万字的、散文体的中国史纲。他要用散文这种文体，从先秦写起，止于晚清，把中国历史梳理一遍。他要用带有温度和美学的文字，再现那些历史上的经典瞬间，系统性地表达和思考中国。

毫无疑问，这是一个疯狂的计划。历史是个任人打扮的小姑娘。历史是个巨大的陷阱。他以前的历史题材写作，以现存的文明遗址带入，借助当地的一些史料，出不了多少差池。可是与历史直面遭遇，则危险得多。他不是历史科班出身的人，他的历史观能否得到业界认可？他所有的推断是否存在逻辑上的错误？先秦的历史模糊，人物轮廓不清，他怎样才能把握住？一个时间的错误引用，一个地址的不准确，就会招致满盘皆输，成为笑柄。而且，这样的写作，有何合理性可言？这个世界，真的需要这样一套散文版的中国史纲吗？

他依然一意孤行。他开始埋首故纸堆里。在他生活的小城，他离群索居，躲在只有他一个人生活的巨大房子里，奋力地书写。那是无比孤独苦寒的事业：从仅有的似是而非的古老文字间，重新构建远去的河山，打捞那些经典的岁月，捕获已经失落的精神，再现那一张张文明史上著名的已经面目不清的脸庞。我不知道他在这种无比艰苦的写作中经历了什么，有没有想过把电脑和一堆堆竖版的陈旧的古籍摔出窗外的时候，他每次给我打电话时从没有流露出沮丧的情绪，他发我的提前分享的部分章节里我也没有读出枯涩的笔触。时至今日，他计划中的四卷本已经由浙江人民美术出版社出版了两卷：《人间道·左东右西》（先秦秦汉卷）《人间道·南下北上》（魏晋南北朝卷），显示他的书写正在稳步推进，并且指日可待。

在已经出版的篇目里，我发现对他的担心完全多余。他写得法度森严，却又鲜活生动。那些死去无数年的古人，在他笔下一个个如同活物；那些著名的历史事件，被他精妙解读。在他的笔下，孔子临死前的状态是："'我的时间到了。'孔丘回过身来，静静地看着子贡，眸子清澈如水。"（《绝笔》）他写东汉王朝的中兴："东汉王朝的大幕，居然是在牛背上拉开的。……由于马匹短缺，他（刘秀）骑的竟然是一头牛——光武帝就这样扶着牛角，匆忙而低调地登上了历史舞台。"（《中兴》）在字里行间，蛇、冒火的井、白马、鱼、雷等隐约可见，让他的历史书写形成了一个个奇异的文本，显现出无限的张力。

骁锋是永康人，是以金属制品闻名中国的这座浙中小城纯种的子民。我想，他与我童年见过的来自他的家乡的锡匠，乃至我不久前去永康国际会展中心见过的金属陈列品的制造者一样，都是掌握了炼金术的人，出自同样一个传说中古老的炼金家族。他的化铁为墨、金戈铁马般的书写，进一步验证了永康这块土地的金属气质。就连他的名字中的"锋"字，也是指认这座城市金属气质的一个小小旁证。

种树的女人

一

老实说，她们不过是一群普通的人。

我说的是海南昌化一群种树的女人。她们中领头的名叫陶凤交，其他的还有文敬春、钟应尾、文英娥……

一看就知道都是普通人的名字。

如果没有1992年发生在家门口的那场事故，这一群普通女人的人生，或许就会改写。

1992年陶凤交才33岁。她的丈夫六年前去世了。虽然她一个人带着两个幼年的儿子生活，可是她的日子并不算难。她接手了丈夫的生意，每个月的利润有千元之多。那是二十世纪八十年代末九十年代初，公职人员才只有一两百元的工资。

毫无疑问，陶凤交的日子继续下去，日子肯定不会差到哪里去。凭后来陶凤交显现出来的狠劲儿，陶凤交干啥都会是一把好手。

可是1992年，陶凤交所在的海港出事了。一场台风，将泊在港外的渔船掀翻，陶凤交所属的昌化镇昌化居委会，二十多名女人一夜间成了寡妇。

——是台风与沙子合谋作的案。昌化至南罗总长 43 公里、总面积为五万多亩的沿海岸线 60% 为沙化土地，日积月累，原本可以停泊 100 万吨船舶的昌化港被风沙侵蚀，连 20 吨的渔船都入不了港湾。

昌化的天塌了。接下来的日子，该怎么办？如果对门口的沙化土地听之任之，昌化港被堵塞的程度将会加大，那二十户人家出事儿也许仅仅是个开始。台风还会继续刮来，谁会是下一个倒霉者？谁和谁，又会是下下一个？

昌化的女人们二话没说走向了沙漠。她们是女人，捍卫家园是她们的天职。她们是母亲，为子孙冲锋陷阵，她们没有退路。

那些新寡的妇人是当仁不让的主力军。因为她们报仇心切。沙漠是夺去她们丈夫性命的凶手，她们要向沙漠讨还公道。

陶凤交是走在前面的一个。按理，她手上有着生意呢。可是，家园是比钱财更为重要的财产。生意生意，有生才有意。家坏了，活路断了，人没了，再多的生意又有何用？

陶凤交六年前就失去了丈夫。陶凤交是有本事的人，每月能挣一千多块钱。陶凤交当仁不让地成了这群人的主心骨。

她们挑着担儿走上了沙漠，用铁锹挖开了沙漠，在一个个树窝里种下了一棵棵小树。然后浇水，盖沙子。这是全世界屡试不爽的种树方法。昌化的海湾又不是火星，她们认为，只要照着这个方法去种树，过不了多久，她们的愿望就会变成现实。

可是仅仅在第二天，她们就发现，她们种下的 1000 多棵小树被吹起的沙子淹没。死亡率差不多 100%。

怎么办？德国环保专家早就受邀来考察过这块沙漠。他们得出结论，说这块沙漠根本治不了。他们的理由是，昌化渔港周边，日照强、气温高，连续八个月的旱季，蒸发量是降水量的两倍，流动的沙地上，人都站不住，怎么种树？

没有任何意外，陶凤交们也失败了。

二

望着这些死去的生命，陶凤交们哭得稀里哗啦的。哭完之后，陶凤交们依然挑起担子走向了沙漠。

她们有什么办法呢？这是她们的家园，她们不把这片沙漠治好，她们的子孙后代就没有生存之地。

在县林业局的专业指导下，她们开始摸索种树的道道。要让树活下来，必须先固沙。她们先给沙地种上大片的野菠萝。第二年，在野菠萝之间的沙地上，再种上沿海防风固沙最有效的常绿乔木木麻黄。

为了省下购买木麻黄幼苗的钱，她们从木麻黄树上采下种子培育成苗。为了防止苗直接栽入沙地因干旱而死，她们从外面拉回红土做成一个个营养袋，把小树苗栽种其中，再把带着营养袋的小树苗种到沙地上。营养袋里的营养和水分，可以让小树苗在干旱与贫瘠的沙地里活过最初的十多天。

如此一来，种树就成了一个复杂而精密的系统工程，种树成了必须全力以赴贯穿年头到年尾的主业。她们要在每年的一、二月开始育苗，四、五月时将幼苗分床到用红土做成的营养袋里，七、八、九三个月，她们要把装在营养袋里的幼苗一棵棵种进沙地里。

种一棵树需要近九个月的时间，这几乎等同于女人怀一个孩子的时间。

采种，育苗，做成营养袋，把树苗移栽到营养袋，在沙地上种树……这一整套程序，多像母亲哺育、照料自己的孩子！

一棵树苗长出了绿芽，长出了新叶。两棵树苗抽出了枝条，相互间牵起了小手。一丛小树林踮起了脚，相互比着身高……她们种的树成活了。1997年，她们种下的1000亩木麻黄在叫棋子湾的海岸边长大成林。

这1000亩木麻黄成活的事实鼓舞着她们。接下来，她们停下了所有的生计。她们的工作只有一件：种树。如果说是两件，那就是种树，和种树。

至今29年，陶凤交们种活了588万株树，3.38万亩海防林。曾经坟场一般沉寂的一望无际的沙地上，几百万棵二三十米高、五十厘米粗的木麻黄像旗帜一样高高飘扬。

这么大面积的海防林，终于囚住了流沙。流沙这个仇敌，被陶凤交们狠狠地按在了地上，从此永无翻身之日。这么多年来，昌化海港恢复了通航，再大的台风也没有让海港出过事。

而且，昔日沙漠占据的昌化海岸线，因为这一片防护林，成了风景优美的旅游度假区。死之坟场成了生之美地。

三

29年来，为了种树，陶凤交们吃过的苦难以想象。

她们是女人，却善于爬树，因为她们需要培育的种子在二三十米高的木麻黄树上。她们要去很远的地方拉回红土，要制作营养袋，要照看好种子的生长情况。要把苗移栽到营养袋中……

每年七、八、九三个月，是她们最为忙碌的时候。

她们必须在早上四五点钟起床，戴上斗笠，蒙着面纱，挑着40棵、每棵3斤多重营养袋的树苗共130斤左右的担子，再带上10多斤的淡水和白天的口粮走向沙地。从育苗地到种植地要走五六里路，她们一天要走九至十个来回。也就是说，她们一天要挑着130斤重的担子走五十多公里的路。她们每个人的肩膀，因此都结了又黑又粗的一片老茧。

沙地上行走，要保护脚，就必须穿鞋子。可是穿鞋在沙地上行走，脚就使不上劲。她们常常脱下胶鞋，打着赤脚。那是炎炎夏日，太阳毒辣，沙地滚烫。她们的脚底，经常烫起一个个水泡，每走一步都像针扎一样疼。

她们的仇敌是沙子。她们要制服这个敌人。可是敌人哪有那么容易束手就擒？趁着她们不停地在沙地上行走，沙子就会与她们的汗水混在一起，进入她们的衣服内，攻击她们的皮肤。要不了多久，她们的身体就会因沙子的摩擦破皮，继而引起红肿、发炎……为了对付沙子，她们经常在无人的地方集体赤身裸体，直到快近人烟处才再把衣服穿上。

不是她们不晓得害臊，而是面对这个狡猾的敌人，她们必须豁得出去。

带去的水不够喝，天上的太阳毒热异常，怎么办？她们就在沙地上挖一个一个洞来找水喝。水不卫生，可是她们没得选。

刮风下雨，还有隐藏在沙地里的沙蛇，对她们都是严峻的考验。

这是近乎惩罚的劳作。她们的身体因为长年累月的种树都有不同程度的受损，有的人脊柱弯了，有的人腿坏了，患了静脉曲张，有的膝盖坏了。她们的体态，比起那些不种树的人来，就显得有些变形。她们的脸，要比其他不种树的女人黑得多。同样年龄的女人，种树的比不种树的，苍老得多、苦得多。

陶凤交的两根小指不能伸直。这当然是永无休止的沉重劳作惹的祸。她的腿上有一条深深的疤痕。那是一次台风时，为了防止台风海浪破坏种下的树苗，她们在水中装了七个小时的沙袋。有一根树枝插进了陶凤交的腿中，流血的伤口缝了15针。

那一定不是陶凤交们栽下的树的枝条。不然，它不会不认识陶凤交，不会对陶凤交发起如此猛烈的攻击。

老实说，听了她们的故事，我的第一印象是，她们太苦了。

四

陶凤交们出名了。陶凤交获得了全国三八红旗手、"三八绿色奖章"。2018年2月9日，央视以《陶凤交和她的绿色娘子军》为题进行了报道。网上搜索，有很多重要媒体都报道了她们的事迹。

按理，陶凤交们应该高兴，应该志得意满、春风荡漾，应该喜笑颜开、眉飞色舞。

成名是一件多么好的事儿呀。我们知道，在世俗的世界里，名气是可以兑换很多东西的。

可是在昌化"植树娘子军纪念馆"陈列的照片里，在网上关于陶凤交的视频资料中，我们很难看到陶凤交和她的同伴们高兴的时候。相反，她们大多数时候是忧郁的、心事重重的——那是普通人对生活不如意才有的表情。

陶凤交除了犹豫与忧心忡忡，似乎还有点木讷。在2018年"感动海南"颁奖典礼上，她作为"致敬群体"奖的获奖群体一员站在领奖台上，老式的发型，老式的衣着，过于瘦削的身体，老式的、因过度劳动显得不平衡的站姿，手足无措的样子，与整个光芒四射的舞台格格不入。

她曾经是生意人，可现在的她一点也没有生意人该有的活泛。

她要指挥最多时有近百人的植树娘子军，安排每一天的工作。如此木讷，她怎么调动得了这些人？

陶凤交不仅没有因为成名而志得意满、春风荡漾，相反，她总是满腹怨气——那怨气，当然跟种树有关。

因为种树，她没有时间照料家庭。她的两个孩子因此早早辍学回家，最后走上了和她一起种树的路。

因为种树，她的人生变得单调而贫乏。她不会穿衣打扮，也不会交际娱乐。她一直单着，这么多年都没时间再找一个人。她家的生活条件也不好，常常捉襟见肘。电视镜头里，她的家，简陋至极，几乎没有任何装饰。

种树还让她经常遭到乡亲的误解。防护林种下后，县里规定不允许到苗地放牛。有养牛户二话没说就操起板凳跑到陶凤交家里，骂了陶凤交整整三天，说尽了全世界最恶毒的话。村里有养鲍鱼的因为砍树造窝棚被抓，他的家人认为是陶凤交指使的，又不分青红皂白跑到陶凤交家里骂。更过分的，有人因为利益受到损害，把粪水泼到了陶凤交的家里。

每当这时候，陶凤交是隐忍的。可是，陶凤交也有忍不住的时候。优质的海滩和成片的树林，让棋子湾成了旅游风景区。为了吸引游客观光，有人打起了树的主意，因为只有砍树才能辟出一块地来建度假区。

陶凤交知道消息后疯了。她二话没说操起家伙冲向砍树的人。她叫道：谁上来谁死！我把你们打死了，然后我也死！

按理，这树是政府的，犯不着她来操心。可是她忍不住。

这树已经不是树了，而是她辛辛苦苦养大的孩子。唯有保护孩子，一个母亲才会豁出命来。

陶凤交带着姐妹们战胜了沙子，让沙漠变成了绿洲，让淤塞的海港恢复了通航，可是那些沙子并没有消失。它们挤进了她们的命运里，让她们的生活，呈现出程度不一的淤塞，让她们的日子硌得慌。

陶凤交并不愿意面对她们创造出来的这块绿洲。有时有记者采访她，请她带去看那片树林，她往往拒绝。她不愿意回忆起当年的非人的苦。同时，在她眼里，它们或许都是不孝顺的孩子。——政府这方面的钱不多，每年种树，她们从政府手里得到的补助不高，如果她们出门打工，收入会是补助的数倍。

我在媒体上看到了一个如此的报道：2018 年，陶凤交团队荣获由中共海南省委宣传部等主办的"感动海南"2017 年度特别致敬群体。去海口领奖的前一天，陶凤交一个人默默地来到当初种树的地方，坐了很久。

她想什么了呢？

五

我是在昌化"植树娘子军纪念馆"，听到了陶凤交们的故事。

无须讳言，相比张桂梅、杨善洲，陶凤交不算太有名。最少，我这个江西人的周围，没有几个人知道她。我在去昌化以前，也不知道她。

同样是基层女性，可人们通过网络都知道了张桂梅，那个疾病缠身却创办了全国第一所全免费的女子高级中学、10 年来让 1645 名贫困女孩从这里走进大学的女校长。她的名言"我生来就是高山而非溪流，我欲于群峰之巅俯视平庸的沟壑。我生来就是人杰而非草芥，我站在伟人之肩藐视卑微的懦夫"，与她的传奇人生一起，让很多人为之击节赞叹。

同样是种树，可人们通过电影、媒体也知道杨善洲，这个当过地委书记的老人，退休后回到他的家乡云南大亮山，带领乡亲用 20 年时间种植林木 5.6 万亩。

人们乐于传播张桂梅、杨善洲的故事，却忽略了海南陶凤交的绿色娘子军种树的故事。

我想，那肯定有这个故事是发生在海南的原因。

人们会想：什么？不会吧？在海南种树？海南，那不是植物像动物一样疯长、到处都是热带雨林的地方吗？

作为江西人，一个植被覆盖率很高的省份、每天习惯看到绿色葱茏的人，到了海南，就会因为满目都是高大、密集、无所不在的植物而喘不过气来。这样的地方，怎么可能还有沙漠，怎么还需要有人辛苦种树？而且，还那么多人种那么多年？

而更深层的原因，我以为，比起张桂梅、杨善洲，陶凤交们不过是普通人。比起张桂梅、杨善洲的故事，作为普通人的陶凤交们的故事，并不具备更大的解读空间，并没有让大众们普遍围观的价值。

张桂梅容易让人联想起传统的"士"。她继承的，是中国传统知识分子人的道统。她的"我生来就是高山而非溪流，我欲于群峰之巅俯视平庸的沟壑。我生来就是人杰而非草芥，我站在伟人之肩藐视卑微的懦夫"的表达，正是"士"的精神的表达。她的走红，其实是"士"之"虽千万人吾往矣"的精神的回响。

杨善洲的植树故事，是领导干部践行人民公仆宗旨的完美体现。杨退休前，是云南省保山地委书记。一个地位这么高的人，退休后不好好安享晚年，反而不辞劳苦为民造福。这样境界的人，适合做全体公仆的镜子。传播他的故事，有利于强调人民公仆宗旨意识，有利于对万千公仆进行提醒和告诫。

可陶凤交们不过是一群普通的女人。是无数沉默的大多数的一小部分。

就像我的许多乡亲，朴素、隐忍、自尊、习惯劳作、舍得下力气，却又有许多小缺点，比如拘谨、小心眼、好面子、爱贪小便宜、喜欢埋怨、万事不满意。在这世上，他们活得努力而又漏洞百出，活得坦荡真诚而又笨拙、矛盾、小心翼翼。他们构成了广阔的坚实的"民间"。

可是，她们的故事比起张桂梅、杨善洲们更让我动容。——在我看来，她们作为普通人的两难、普通人的坚守、普通人的牺牲、普通人的明知不可为而为之，更有着广阔的意义。

我在"植树娘子军纪念馆"徜徉。我心疼于陶凤交们20多年肩挑手提超乎常人的苦辛。我不放过纪念馆里的每一段文字、每一幅图片。我看着图片上的这群女人。她们戴着斗笠和袖套，蒙着面纱，穿着胶鞋，挑着一看就十分沉重的担子，满脸都是坚忍与承受。她们的背后是茫茫的荒凉的沙漠。我感觉到一种巨大的力在压迫着我。我无端地想起了鲁迅先生的言辞：

"地火在地下运行，奔突；熔岩一旦喷出，将烧尽一切野草，以及乔木，于是并且无可朽腐。"

"不在沉默中爆发，就在沉默中死亡。"

这样的言辞，带有明显的启蒙气质革命意味，似乎并不适合她们。可是，没有什么语言比它们更适合她们的了。

她们，以及更多的普通人，不就是鲁迅先生所说的隐忍的地火，不就是沉默中爆发的熔岩。而这昌化海湾漫山遍野的绿，就是她们爆发出来的巨大能量的见证。

安民访粟

一

来到浙江松阳县安民乡安岱后村，我的眼前，恍惚中出现了一支穿着灰色军装、打着绑腿的队伍。

那是 1935 年 5 月出现在安岱后村的队伍。他们的军装很旧了，不少打着补丁，有的甚至隐约看出没有洗净的血污，可以知道他们的情况并不是太好。他们头上的帽子有红五角星的标志。见过世面的安岱后村的人们知道，那是共产党领导的军队的标志。

他们的番号是村里人从没听过的中国工农红军挺进师。说是师，可他们的人数明显不算多，四百多人的样子，比安岱后全村的人口加起来多不了多少。而且，他们的装备，除了一些汉阳造，看不出有什么大家伙。

他们看起来信心百倍的样子。他们对村里的人们很是热情和善，村里的贫弱者最先得到他们的帮助。一切都符合村里人对共产党队伍的想象，可是，他们私下里在一起时，眉宇间总有大灾过后才有的哀愁与悲伤。

他们是谁？他们经历了什么？他们身上没有洗净的血迹，意味着什么？见过大世面的安岱后村的人们不免对他们有了猜测的兴趣。

——安岱后村位于浙西南的箬寮山区中段，是个典型的深山老村。全村姓陈，据宗谱记载，他们的祖先陈氏于清乾隆年间由同属浙西南的景宁库川（现为毛洋乡库头村）迁徙至此。

按理，这样的山乡，本应是封闭而平静的。可浙西南在整个浙江属于穷困之地。相比浙江其他地区，浙西南多山少田地，自然资源稀缺，人心就容易不平。小小的安岱后，因身处深山老林，经济就更落后，就更逼着村里的人们往外走，交江湖朋友，生杀富济贫之心。

他们借着青帮的名头，自己拉起了江湖队伍。1929年，借着天下不太平的形势，浙西南松阳、遂昌、龙泉边境兴起了青帮，规模达到五千多人。他们训练农民军，打土豪，分田地，开展农民暴动，其中的成员就有不少来自安民乡，来自安岱后的后生仔。而这一支远远谈不上名正言顺的队伍的首领，就有安岱后村做木材生意的陈凤生与当草医的陈丹山。

可他们的暴动都失败了。浙江是蒋介石的家乡，怎么可能允许有人挑衅国民党的统治？他们立即转入地下，然后派人去浙江福建、江西等地寻找中国共产党的部队，寻找在赣南、赣东北割据一方的红色力量。这一支打着中国工农红军挺进师旗号的队伍，就是他们苦苦寻找收获的结果之一。

老实说，这样的一支队伍，让他们颇有几分失望。他们既没有重型武器，也没有来头吓人的名将。他们的口音大多数是赣东北方向的口音，明显这是一支地方武装。他们中还有不少伤员，有些一看就知道伤得不轻。这样的队伍，怎么能打胜仗？怎么可能会给这个村庄，乃至整个浙西南地区带来一个美好的未来？

村里的人们终于打听到了这支队伍的来头。他们是几个月前赣东北红十军团几乎全军覆没剩下的残兵败将，是八千多人规模的正规武装经过残酷战斗之后仅存的活口。

村里人知道，四个月前，离这里只有数百公里的闽浙赣皖边境，发生了一场骇人听闻的战斗。红军首领方志敏领导的红十军团，与国民党20万部队展开死战，由于力量悬殊，再加上红军将领指挥失当，八千多人的部队被国民党包了饺子。这支只有数百人的队伍，不过是这场战斗漏下的一点饺子皮。

村里人还打听到了，这支队伍的领头人，那个看起来和颜悦色、双目炯炯、个子不高、年纪不到三十、相貌平常的年轻人，名叫粟裕。

二

出生于1907年的粟裕，在1935年，还是一个并不被国民党所广泛熟悉的角色。他只在长沙念过几年师范，没有上过黄埔军校，不像林彪、陈赓这些人，因有了黄埔军校的学历，与不少国民党将领甚至高层都有同学之谊，因此在国民党方面声名显赫，在国民党的档案里，是留下了案底的人物。他也不像朱德、毛泽东、陈毅、方志敏、张国焘等等这些人，因为是雄踞一方的红色首领，而成为国民党情报部门锁定研究的对象。虽然从井冈山到中央苏区时期，粟裕打过不少漂亮仗，他的军阶因此得到快速攀升。可是，国民党怎么会在乎这样一个来路不明的年轻人呢？

然而过不了多久，国民党就要对这样一个打起仗来完全是野路子的年轻人刮目相看。

粟裕领着这从闽浙赣根据地突围的四百多人的队伍向着浙江方向

进发。几个月前红十军团的全军覆没让他至今想起来依然心有余悸。他望着身后已经衣衫褴褛、面如菜色的战士们，心里清楚地知道，这是一支由一个无炮弹的迫击炮连、一个无枪弹的机枪连、一个步兵连和部分伤病员、机关人员组成的队伍。他们手里的武器装备简陋，弹药也不算多，伤员占了不小的比重。

并且，部队唯一的电台被打坏了。与上级的联系完全中断。这其实是一支无依无靠的孤军。何去何从，是死是活，只有取决于粟裕，以及他的搭档、师政委刘英。

他们选择了向着浙西南的深山进发。因为那是国民党兵力薄弱的地方，也是他们这支小股部队此刻最安全的藏身之处。

通过与浙西南的青帮组织接头，他们来到了浙西南的安民乡，来到这四野茫茫、山峦连绵起伏的箬寮山区，来到这名叫安岱后的山村里。这里的人与共产党并无多少瓜葛，可他们有强烈的阶级观念和反抗精神，也有超强的组织纪律性。这正是粟裕觉得可以倚重的地方。

粟裕一到安岱，就在这山林之间排兵布阵，安排哨卡，挖建战壕。桥上的土墙，挖开一个洞眼作为射击孔，山腰的树林里，搭建一个高台就是瞭望台。他还在村后的山林里搭建起简易的红军医院，请来当地的几个土郎中，安置几个月来都没有得到有效治疗的伤员。

来到这山林之间的粟裕并没有一丝沮丧，甚至有些兴奋。一切都貌似相识，他不禁想起了井冈山。

从粟裕的生平大事年表很难看出井冈山对于粟裕的影响。他于1928年4月跟随朱德率领的湘南暴动队伍上了井冈山，1929年1月就跟着红四军主力下了井冈山。算起来他在井冈山只待了七个月，并且职务上一直担任的是红二十八团三连连长。

毋庸讳言，粟裕是在井冈山挖到他作为军事指挥家的第一桶金的。他参与了井冈山的大小数次战斗，并在七溪岭战斗中取得了率四人俘虏一百多国民党士兵的奇迹，从而引起了毛泽东与朱德的注意。他善于打山地战，所辖队伍以善于爬山、兜转山林著称。他在1929年开始至1934年短短五年时间，由连长升任红四军参谋长、红十军团参谋长，与他在井冈山的历练是分不开的。

此刻的箬寮山区，在粟裕眼里，或许不过是另一个时空里的井冈山而已。那就让他来做这支部队的毛泽东和朱德，把这里当作井冈山，既独立完成对这支成分复杂、精神上受到极大损伤的队伍的塑形铸魂工作，又以这一点家底做本钱，在这浙西南，这离蒋介石的老家不远的地方，经营成一个有影响、有红色的根据地。

三

以井冈山创建革命根据地为蓝本，粟裕在这箬寮山区与当地的农民武装首领陈凤生、陈丹山（还有一个叫卢子敬）展开合作，开始了革命根据地的创建工作。

他要组织和教化民众，把这山里的农民、青帮组织的成员改造成红军可靠的同盟军。为此，他组织了队伍中能言善辩的指战员，在以安岱后为据点的浙西南宣讲革命道理，宣传红军政策，并吸收思想进步的后生仔入伍。短短时间，当地民众纷纷参加了革命，只有83户、314人的安岱后村，参加红军的就有38人，参加各种革命活动的有200多人。

他要开展建军、建党、建立地方武装等方面的工作。仅一个月时间，挺进师建立了浙西南特委、浙西南军分区，成立了竹溪区委和浙江第一个红色政权——竹溪苏维埃政府，组建了浙江第一支人民游击队——松遂龙游击队，成立了农民协会、分田委员会、妇女会、儿童团等群众组织。不到五个月时间，挺进师扩编为五个纵队、两个独立支队，连同地方工作人员，不下 2000 人，还有地方武装近千人。

他要制订一套适用于山地战的战略战术。他率领的挺进师，是从中央苏区走出的善于打野战的正规军。他要让他们转变为擅长打游击战的队伍。他让团级干部带一支小部队出去单独活动，约定三天后在某地会合，以后逐步把单独活动时间延长到五天、七天、十天……以锻炼他们独立作战的能力。他不断总结游击战术经验，在全师进行推广。"以最小的牺牲换取最大的胜利；不在消灭敌人，而在消磨敌人；支配敌人，掌握主动；积极进攻，绝少防御；飘忽不定，出没无常；越是敌人后方，越是容易成功。"这是粟裕总结的六条游击战原则。听起来几乎与井冈山时期的"敌进我退，敌驻我扰，敌疲我打，敌退我追"如同一辙！

他要求各个纵队均采取井冈山斗争时期毛泽东教导的方法：分兵以发动群众，集中以打击敌人。每个干部、战士都要学会打游击和做群众工作两套本领。

他要发动广大贫苦农民"打土豪，分田地"，开展查田量地造册、插标分青苗和分田的土地革命……

……8 月 1 日就要到来了。这位参加过南昌起义的年轻将领，决定用主动出击的方式来向八年前的那一场战斗致敬，同时也是向他亲手缔造的浙西南根据地献礼。他组织部队在王村口天后宫召开誓师大会，向前来清剿的国民党军发动袭击。挺进师分兵出击 19 个城镇，缴获了长短枪 100 多支、轻机枪 2 挺，扩充红军 400 余人。

经过四五个月的奋战，以松阳、龙泉、遂昌、江山、浦城五县之间为中心区域的、纵横百余里的浙西南革命根据地逐步形成。而部队的游击区域，则扩大至浙江的庆元、景宁、云和、丽水、青田、缙云、泰顺、衢县、龙游、汤溪、宣平、武义、永康、磐安、仙居等县，还有福建的松溪、政和、寿宁等县的全部或局部。

粟裕走在浙西南地区的山山水水间。他看着这黄色的房屋和绿色的山水间涌动着红色的旗帜，书写着体现了共产党主张的标语，看着身后装备已经焕然一新的强大起来的队伍，恍惚中有了一种走在井冈山的感觉。而当他与人攀谈或在会上发表讲话，同是湖南人的他，有时候从自己的喉咙里听出了毛泽东的声音。那些从中央苏区开始跟着他的挺进师战士私下议论，他在会场讲起话来，一手撑腰、另一只手顺着语势挥动的样子，让他们想起了中央苏区那个满口湘音、个子高大、爱抽烟卷的人……

四

随着粟裕率领的挺进师的到来，安岱后乃至整个箬寮山区的气质与精神无可阻遏地发生了根本的改变。

首先是山里的风貌完全变了样。安岱后村高高的台阶上原本供人进出、闲聊和下雨歇脚的廊桥，成了红军用于站岗、放哨和阻击国民党军队的防御工事，同时也是红军经常宿营的营房。村子的大大小小墙面都刷上了"只有苏维埃才能救中国""红军是穷人的队伍"等标语。村里的祖祠陈氏宗祠成了红军经常开会的主会场，宗祠中原本用来请戏班子唱戏的戏台成了两侧插着红旗、中间挂着党旗和挺进师军旗的主席台。许多民房，现在变成了挺进师师部的驻扎地、师领导的居住地。后山上建起了红军医院，修筑了工事……

那些过去与时局完全无关的人，因为身处根据地之中，他们的身份就与过去有了不同，灵魂或许也发生了从没有过的变化。一个原本出路无着，整天无所事事、无精打采的后生仔，现在成为背着枪昂首挺胸的红军战士。一个原本只会哀叹命运不济的乡村老妪，有可能变成了人人尊敬的英雄母亲。那个村东头刚娶进门不久的新媳妇呢，被她的妯娌拉着加入了妇女会。她现在的心事，早已不再是担心夫家待她好不好，而是一场战斗过后，要不要把新婚的被子送给山后的红军医院里的伤员。孩子们呢，纷纷以成为儿童团员为荣。村里的狗，见到穿着灰色军装的红军战士已经不再乱吠一气，但对进出村的陌生人已经有了超出一般的警觉……

这个平日默默无闻的、连稍大一点的地图上都可能找不到名字的偏远山乡，立即变成了国民党军军事地图上指挥官们反复圈点的重镇，成为国民党军的重点进攻目标。重型枪炮瞄准了它，情报系统重点盯防着它，许多股部队正向它而来。

小小的山乡因此付出了巨大的代价。流血与死亡的事情明显多了起来。根据地的空气中经常涌动着令人作呕的血的气息。悲伤越来越浓，白云仿佛也是戴孝的亲人，月亮似乎也成了一块带着血沁的玉。而仇恨也越积越厚，连草木也恨不得成为箭镞，连风也恨不得长出扇敌人耳光的手。

山后面的新坟越来越多。他们的主人，有的是在战斗中牺牲的新入伍的战士，有的是被流弹击中的百姓，也有的是因被证明加入了革命组织被俘枪毙或砍头的勇士。而其中坟头最高的两座坟，是把这股战火引入这偏僻山乡的陈凤生与陈丹山。

曾是当地著名的教书先生和乡村郎中的陈丹山，浙西南根据地形成后任红军浙西南军分区征募主任和玉岩区苏维埃政府副主席的陈丹山，于1935年9月敌重兵"围剿"浙西南根据地时，率游击队配合红军挺进师第二、五纵队，进行反"围剿"战斗时被捕，于当年11月14

日在松阳县城郊遭枪杀，享年64岁。而担任松遂龙游击队总指挥和中共玉岩区委书记的陈凤生，面对国民党的"围剿"顽强抵抗，终至弹尽粮绝，藏身山林。国民党兵见逮不着他，对安岱后的乡亲们进行迫害。为不连累乡亲，陈凤生从山林中走出，一路慷慨陈词："一人做事一人当，我为民族解放、穷人翻身，死而无憾，陈凤生在此！"英勇就义，年仅34岁。

1935年5月之后，安岱后村乃至整个箬寮山区的基因里被强力植入了革命的元素，偏僻的山乡，因此有了与国家命运紧密相连的、让后人既骄傲又伤痛的不凡史实。

五

"七七事变"发生后，整个中国的革命形势发生急转。国民党与共产党这一对生死冤家，终于坐在一张桌子上，进行了共同携手抗击外侮的谈判。

与省委失去联系的、在遂（昌）宣（平）汤（溪）边区深山老林里打转转的粟裕，依靠长期在战斗中培养出来的敏锐政治嗅觉，通过国民党的种种动向及相关传闻，准确地判断出国共进行第二次合作的消息，立即于1937年10月14日，向国民党遂昌县当局发出了《国共合作抗日建议书》。

国民党遂昌当局做出了回应。国共双方代表在遂昌县门阵村举行谈判，达成了合作抗日协议。至此，浙西南地区响了三年的炮火声终于停止，挺进师艰苦卓绝的三年游击战结束。

几天后，粟裕率挺进师一部和地方干部告别了浙西南，踏上了反抗日本侵略者的路程。他先后担任新四军第二支队副司令员、新四军先遣支队司令员、新四军第一师师长、苏中军区司令员兼政委、苏浙军区司令员、华中军区副司令员、华中野战军司令员等职。因为有过无数次大小成功或失败的战斗经历，因为有了独立领导浙西南三年游击战等经验，粟裕在抗日战争中大放异彩。1938 年 6 月 17 日，在韦岗伏击日军，歼敌 30 多人。1939 年 1 月，指挥水阳镇伏击战、横山战斗、奇袭官陡门等战斗，歼日伪军 400 余人。1941 年 8 月 13 日，指挥苏中军民反击日伪军报复性的"扫荡"，连续作战 42 昼夜，歼日军 1300 余人。8 月中旬起，领导和指挥持续八个月的要点争夺战，保持了相对稳定的根据地基本区。1944 年 1、2 月间，发起春季攻势作战，解放国土近三千平方公里。3 月，指挥车桥战役，歼日军官兵 460 余人、伪军 480 余人，摧毁日军碉堡 50 座。同年 6 月，发起南坎战役，共拔除日伪据点七八十处。9 月至 10 月，组织指挥讨陈战役，歼灭陈泰运部及日伪军 2300 余人。1945 年 12 月，指挥高邮战役和陇海线徐（州）海（州）段战役，歼灭拒降日伪军 2 万余人……

在接下来的解放战争中，粟裕更成了战神一般的存在，成了攻无不克、战无不胜的令国民党闻之丧胆的红色巨人。他是胜利的代名词，是遇魔杀魔、遇佛杀佛的不可阻挡的强力意志，是中国大地上有着摧枯拉朽能量的狂风暴雨。他在十倍于自己的敌人面前毫不怯场，他在炮火连天、鲜血迸射的战斗面前平静如水。他一言不发，他的士兵，正以他的意志洪水一般向前推进；他谈笑风生，他的前面，战场就像蜡一样慢慢熔化。他取得了辉煌的战绩。

1946 年 7 月中旬，与谭震林一起指挥华中野战军 19 个团 3 万余人对抗前来围剿的国民党正规军 50 万人，历时 45 天，歼国民军 6 个旅、5 个交通警察大队，共 5.3 万人。

1947 年，率华东野战军先后发起了宿北战役、鲁南战役、莱芜战役、泰蒙战役、孟良崮战役、沙土集战役等，共歼国民党七个军（整编师）和一个快速纵队。

1948年，发起开封战役、睢杞战役、兖州战役、济南战役、淮海战役，歼国民军70余万人。特别是淮海战役以伤亡13.5万人的代价，歼灭国民党军44万人，取得了战役的全面胜利。经此一战，国民党精锐主力丧失殆尽，中国革命最后胜利已成定局。

之后又成功地指挥渡江战役和上海战役，打通了抵达中华人民共和国成立的最后一公里……

这个湖南山乡出生、师范毕业、我所在的江西成长起来的其貌不扬的男子，从浙西南这块土地上，从他独立领导的三年游击战中吸取了巨大的能量，在关系着民族命运的铁血战争中发挥了独一无二的个人作用，创造了震惊世界的奇迹。

六

我穿梭在离松阳县城五十多公里的已称安民乡的山乡，对粟裕在该地区的历史进行深入的访问。我看到安岱后村的四面青山如抱，水流无声。在当地村民的引导下，我访问了由萧克将军题写了碑名的红军桥，看到了砌在桥面上的墙上为阻击对手特意挖开的两个碗口大的枪眼，看到了标注为"红军会场"的陈氏宗祠里，陈列着的那段历史的常规性展览，原本是戏台的主席台两边，依然依八十多年前摆放了红旗、党旗和挺进师师旗。这样的革命叙事风格，我在江西多个地方早已见到过。我看到粟裕在安岱后村的住房，与毛泽东在宁冈的八角楼的地理环境极其相似：屋后都有门窗直接通连深山。只要一有风吹草动，屋中人就可以迅速从后门或后窗跑入茫茫的深山中。

当地的人们十分热情地向我讲述粟裕与浙西南之间的故事。一个穿着旧的仿版灰色军装戴着八角帽的、曾任安岱后村支书的陈姓老者告诉我说，他的伯父、父亲与姑姑都跟着粟裕闹革命，结果先后都牺牲或病死。他说，这个村庄虽然有这样一段光荣的历史，但并没有出将军级别的人物，这是这个地方的一点遗憾。原因在于，粟裕后来踏上抗日战场，并没有把村里参加革命的人带走，而是依然带着跟着他从闽浙赣根据地来到这深山老林的旧部。他说，解放后，粟裕多次过问这里的生产生活情况，还给村里邮寄过一箱当时十分稀罕的糖果。村里的人们分吃着这箱饱含着革命情谊的糖果，别提有多高兴了。

作为一名对井冈山历史乃至整个江西革命史有着强烈兴趣的江西人，我对粟裕将军还算熟悉。他 20 岁的时候在我的家乡吉安所辖的井冈山待了七个多月，创造过以四个人俘虏一百多名国民党兵的战例，被当作一件了不起的事情记录在井冈山历史上。在中央苏区时期，他得到火箭般的提拔，五年时间从一个小小连长到军团参谋长。他接受了中央苏区的任务，领着部队从中央苏区出发奔袭数百里抵达闽浙赣革命根据地，与根据地的缔造者方志敏一起创建了红十军团。在最危急关头，是已获安全的方志敏义无反顾地接过了本该属于他的军事行动，转身奔赴国民党的包围圈，以接应没有及时突围的王如痴。可以说，是方志敏用自己的死换取了他的活。红十军团八千多人的牺牲，有可能兑换成了护佑他历经险境而终能步步平安的运数。（江西民间的说法是，红十军团全军覆没，成就了一个粟裕）他的一生，之所以能为民族独立和解放立下巨大功勋，同样与江西给予他的能量密不可分。——他的确是一个善于吸取不同能量的人。

他享受了至高的荣耀，成为十大元帅之后排名第一的大将。同时，他是一个苦难深重的人。他曾经受了六次枪伤，数次从死神手中侥幸逃脱。他的伤病发作起来，头痛如锥，满脸赤红，目不能斜视，所有面前的东西，都必须摆成一条直线才行。他受伤最严重的一次，是在中央苏区时期，在我的家乡吉水有着公略县之名的水南镇，三块弹片射入他的大脑中，直到他去世火化，这三块弹片才得以显露出它们的狰狞面目。

我想，虽然他因战成名，可战争肯定不是他想要的。早年他读的是师范，他早期的愿望肯定是当一名教员，以自己的学识服务民众，以提升国民的素质，他名粟裕，肯定是他的祖辈，希望他能食有余，能吃饱穿暖。而这一愿望，也是中国千千万万个家庭，对子孙后代的实诚愿望——也是世世代代中国人，最朴素的愿望。

然而他还是介入了战争中。因为国家正在苦难之中。因为西方列强正在瓜分中国。因为他的祖国正陷入军阀混战，而民众像狗一样活着。他走上了一条不得已的路，穿上了对他来说远比长衫要沉重和坚硬的战袍。

正是有了粟裕这样一代人的献身，中国大地上二十世纪长时间、大面积的战争才宣告休止，百姓们才有了难得的安宁。

告别了安岱后，我们来到了安民小镇。我看到的小镇草木茂盛，流水潺潺，道路干净，屋舍整齐，走在路上的狗对我们这些原本形迹可疑的陌生人竟毫无警觉之意。五月的阳光如亿万根金线，要把整个箬寮山区花篮般轻轻提起。几棵古树下面，是几排十分不错的小洋房，房子在天际线的位置大写着"民宿"字样，不用说，是信心满满地等着城里人周末来这山乡度假的新型客栈。而江边一座仿古木质文化长廊展示着山乡自然与文化特质、昨天与今天变化的图文内容。乡里陪同我们的朋友告诉我，这座建筑物由政府主持建造，本意是为宣传与教化之用，却常被当地百姓用来做婚丧嫁娶摆百桌宴的地盘。在一个作为当地乡俗文化展览馆的礼堂里，一个老者告诉我，二十世纪六十年代末期，他因为成分不好，有过逃往福建山林躲藏的经历，而如今，面对生活他再也无须恐惧。沿江行，我看见了让我有几分感动的景象：有座老宅子向着江边开了扇门。门两边的黄色老墙上用吊盆养了鲜花，此刻鲜花开得正艳，流光溢彩的直耀人眼，黄色斑驳的老墙与鲜艳的花朵构成了十分温馨美好的画面。门口有一位老妪在剥豆子。她的衣着因浆洗过多次已经显旧，可她的表情是悠闲而安宁的。她的头发梳得整齐，一根也没有乱。

我所看到的，是箬寮山区今日百姓生活的真实图景吗？

这样的图景，在八十多年前的箬寮山区，是否同样出现过？

如果我目之所及属真实无疑，并且在八十多年前出现的可能近乎为零，那这样的图景，是否就是"粟裕"与"安民"这两个词所寄寓的理想所在——粟裕与安岱后村的前辈们愿意用生命与鲜血兑换的，是否就是如此的衣食无忧与心平气和？

深山怀玉

天帝遗玉此山，山神藏焉，故名怀玉。

——摘自《方舆志》

一

　　玉从来就是一种指向美好的物器。它让人想起流水和春天，永恒的绿意，美丽的容颜，圣洁的人格和情感。位于江西上饶境内的怀玉山，传说因天帝遗玉而得名。怀玉山的景色的确有一种玉一般葱绿温润的感觉。我在山中下榻的怀玉宾馆的四周，有罗汉松数十棵。一看就知道有数百年树龄的罗汉松，枝干粗莽，叶冠葱茏，俨然端坐金銮令人臣服的王者。而满山绿色植被沿山势高低攀爬匍卧腾升，瀑布悬挂如飞花溅玉，真的让我有一种面对黛玉心怀久远的感觉。立于山中，稍一会儿就有深山里那种特有的凉意从树荫、流水或岩石深处徐徐袭来，与触摸玉石的手感毫无二致。当地的朋友告诉我，怀玉山由于雨水多，空气湿润，森林苍翠，山上既是天然动植物园，又是野生药材的宝库。把一座植被丰富、风光旖旎的山，比作一块稀世美玉，该是恰当的吧？

而怀玉山还是一座人文名山。听朋友说，怀玉山上曾有怀玉书院（原名草堂书院），与江南四大书院齐名。南宋理学家朱熹、陆九渊、吕祖谦等大批名人曾来山讲学，朱熹曾留有《玉山讲义》传于世。王安石、李梦阳、夏浚、黎士宏、赵佑等历代文人学士也为怀玉山写有近百篇诗文佳作，成为珍贵的文化遗产。由于怀玉书院影响大，县人读书、好学之风遍及城乡，怀玉山也成了"源头活水"的宝地。宋代王安石在《题玉光亭》一诗中赞曰："共传尺玉此埋湮，千古谁分伪与真？每向小亭风月夜，更疑山水有精神。"

怀玉书院早已不存在了，甚至遗迹也不存。伫立山中，仿佛仍有吟诵诗文的声音在深山里回荡。那些早已远去的古人，个个嗓音珠圆玉润，风做的袖袍里自有一股兰桂之清香。我去的时候正是秋天，空气中仿佛有桂花高洁的气息。——有过人文浸润的怀玉山，就更有一块美玉经过时光的淘洗后祖传的意味了。

怀玉山还是一块有着血沁的玉！玉中深藏的那块至今依然温暖的血迹，叫作方志敏。

二

方志敏 1899 年 8 月生于江西弋阳一个农民家庭。他从小目睹了人世间诸多的不平事，长大后投身革命。他智勇双全，无所畏惧，曾亲自深入敌区，擒拿豪绅，被百姓传为奇谈。他率领民众以两条半枪起家，狂飙般地组织了漆工镇暴动，弋横武装起义，攻占景德镇，取得了第一、第二次反"围剿"作战的胜利，亲手缔造了以赣东北为大本营、含52个县100多万人的红色王国。在那里，没有剥削、压迫，没有强权对弱小的欺凌；在那里，学龄儿童90%可以读书，耕者有其田，工人实现了八小时工作制；在那里，男女平等，结婚自由，过去形同蝼蚁的卑微生命得到了前所未有的尊重，人们相亲相爱，仿佛传说中理想国的子民……而缔造了这一切的方志敏一生清贫自守，虽经手的款项数百万之巨，自己却分文不取，全部财产只有两套旧褂裤和几双线袜。被俘时，国民党士兵只从他身上搜到了一只怀表和一支钢笔……

仅凭以上所述，就很容易得出方志敏如此之印象：他是一个高大伟岸的红色巨人形象，是具有传奇色彩的英雄人物。他有坚定的信念，以拯救天下黎民苍生为己任。我们愿意想象他有山一样巍峨的身躯、雷霆一般的脸庞、长虹一般的呼吸。他的形象适合用花岗岩或汉白玉雕刻，屹立在青山绿水之间，矗立在历史博物馆和革命纪念馆的大厅中央，或者在人民公园最显赫的位置，供后人景仰，享受后人的祭拜，构成民族永恒的文化记忆中珍贵的部分。

的确，即使在今日，方志敏依然是一个巨大的存在。他的英雄事迹依然在他的故乡和他牺牲的地方流传。他的《清贫》与《可爱的中国》，许多人都耳熟能详。每年的清明时节，人们都去他的墓地、雕像和纪念馆献花。关于他的著作依然在出版发行。关于他的纪念活动依然以各种形式举办。

凭我对方志敏的有限了解，多年来我以为信仰、牺牲、血性、不屈、无畏的勇气和不朽的功勋就是"方志敏"这一词条所包含的全部。当我有一天真正了解了方志敏，我才知道，远远不是。

我因接受了一个撰写赣东北红色历史文字的任务，第一次全方位地走近方志敏。我阅读关于他的几乎所有文字：他的传记、他的文集、闽浙赣革命根据地史稿、他曾经共过事的战友们的回忆录，以及其他的种种。那段时间，我的桌子上几乎堆满了关于他的书籍。

我几乎被一阵强大的气流所震慑。我在无数的文字中感应着他的心跳、他的呼吸。我震惊于这个传奇人物的至情至性，震惊于党史中无比刚烈的他内心的柔美圣洁，震惊于他即使在残酷的岁月里依然为实现自己完美人格的努力。

我毫不隐瞒我对方志敏的崇拜。在我心里，方志敏不仅是中国革命的先驱，更是人中极品、男人中的男人。

——其实他应该是一个内心饱含温情的读书人。方志敏有相当深厚的国文功底。心有三爱，奇书骏马佳山水；园栽四物，青松翠竹白梅兰。看到这副对联，你也许以为，这是哪个古代浪漫诗人或者翰林学士的自娱之作，表达的是一个热爱山水自然、热衷园艺和读书的古代书生的审美意趣。其实它是方志敏的手笔。这幅常年悬挂于方志敏卧室的对联，是他的真性情的切实写照。方志敏爱山水自然，甚至连他的四个孩子都以竹松梅兰冠名，足以看出中国传统文化对他的影响之深。他之所以成为一个坚定的革命者，是否与儒家的"修身齐家治国平天下"的道统一脉相承？

——他实在是有几分浪漫。身为闽浙赣省和红十军的缔造者和领导人，他竟然亲自上台扮演他写的话剧《年关斗争》中的角色，这是何等可爱之举！在赣东北根据地的心脏葛源，他亲自主持筹建了一个公园，公园内有六角红星亭、游泳池、荷花池，栽种了枣树林和栲樟等苗木。他还举锹用锄，兴致勃勃地亲自在公园内种植枣树。他是一个真正懂得生活、充满生活情趣的人！

——他甚至有几分幽默。

只手将军，你说你的主义，适合于大众，倒不见得，许多难友，一个铜板都没有，想买一个烧饼，也只有空咽口水，他们就不能做你烧饼主义的信徒了。买不起烧饼的人，才多着呢。如果要跟随的人多，倒不如提倡树皮主义，或是草根主义，或是观音粉主义，那准相信的人多了。烧饼主义，在许多穷光蛋看来，还有点贵族气味呢。

这是方志敏在狱中写下的《死》一文中的一段话。当卖到这段话，我忍不住要笑出泪来。为朋友取外号，善意的嘲讽甚至有些孩童般强词夺理的调侃，让人以为是意气少年在炕头茶馆里取闹嬉笑，哪像是濒临绝境的囚徒！

——他文学的才华是那么灼灼逼人。他写诗，写散文，写话剧。即使他起草的文件，字里行间也有一种文学的抒情意味。他的《可爱的中国》，其文辞之华丽、情感之温婉动人，让我以为是中华五千年最为瑰丽深情的爱国诗篇。请听，那是无比高亢隽永的歌唱，那是在浩大的广场足以点燃所有人热血的演讲：

……到那时，所有贫穷和灾荒，混乱和仇杀，饥饿和寒冷，疾病和瘟疫，迷信和愚昧，以及那慢性的杀灭中国民族的鸦片毒物，随着帝国主义的赶走而离去中国了。朋友，我相信，到那时欢歌将代替了悲叹，笑脸将代替了哭脸，富裕将代替了贫穷，康健将代替了疾苦，智慧将代替了愚昧，友爱将代替了仇杀，生之快乐将代替了死之悲哀，明媚的花园，将代替了凄凉的荒地！

——他还是一个能够不断反省自己勇于担当的人。

我们因政治领导上的错误，与军事指挥上的迟疑，致红十军团开入狭隘的敌人碉堡区域……（《我们临死前的话》）

我在狱中细思赣东北苏区的发展与红军的胜利，所以落后于中央苏区和川陕苏区的原因，是不能不归咎于右倾保守主义。……这次在皖南行动，我们固不能说是不疲劳，然而领导者（是要我负责）没有及时打击'没有时间进行工作'的观点。我与全军军政人员大家缺乏拼死命的工作精神，去利用行军休息一分一刻钟时间进行政治工作，加紧战斗员的教育和鼓动，甚至有一时期，军中党的工作陷入停顿状态，这是多么严重的一个错误呵！（《在狱致全体同志书》）

如此沉痛自责之文字，在所有他的狱中篇什里随处可见。即使身陷牢狱，他依然能够深入解剖检讨自己，毫不含糊地承担起自己的责任。如此天下又有几人！

"我爱护中国之热诚，还是如小学生时代一样的真纯无伪。"（《可爱的中国》）方志敏的内心，又何尝不是如稚子般的真纯无伪！

三

对方志敏的了解越深入，我就越发为他倾倒。我更广泛地阅读他的资料，利用工作机会去他曾经战斗过的地方走访，不断采集与他有关的信息，渴求更完整地拼贴他在我心中的形象。我一步步地追随着他，企图更深入地接近他真实的内心——

我一次次地与他对视。他身高一米八，体态魁梧匀称，头发仿佛奔跑时的马鬃，他的脸庞和五官都接近完美的程度。鼻下淡淡的八字型胡须，正映衬了他厚薄适中唇线优美的嘴唇。从他留下的照片来看，方志敏称得上是一个风流倜傥的美男子。

他头颅高昂，敞着大衣如将帅披着威风凛凛的战袍。即使脚戴镣铐，身上套着绳索，依然含笑自若地对着镜头摆了一个称得上完美的姿势。这是方志敏的另一张照片，一张狱中拍摄的照片。我久久地看着照片中的他。除了显得清瘦一些，他的神态里依然没有久居监狱的阴冷和沮丧。而绑在他身上的绳索和脚上的镣铐，仿佛不过是一个适合游戏的秋千。

但这样更让我难受。这样一个有着强大生命力和无穷的人格魅力的人，却要遭受囚禁的羞辱和死神的逼迫。我心中的英雄在受难。我仿佛觉得绳索正绑在我的身上。绳索无所不在。是什么不断逼迫我交出信念和爱？而我听见我的喉咙里发出了方志敏的声音：不！

方志敏被俘押解到南昌，当时一家美国报纸记者描述了在国民党驻赣"绥靖公署"举办的"庆祝生擒方志敏大会"上见到方志敏的情景：

> 带了脚镣手铐而站立在铁甲车上之方志敏，其态度之激昂，使观众表示无限敬仰。周围是由大会兵马森严戒备着。观众看见方志敏后，谁也不发一言，大家默然无声。即蒋介石参谋部之军官亦莫不如此。观众之静默，适足证明观众对此气魄昂然之囚犯，表示无限之尊敬及同情。……当局看来，群众态度之静默，殊属可怕。

我曾去过赣东北根据地的心脏葛源。我来到他的住处。一间阴暗简陋的房子，一张挂着乡村自制蚊帐的老式硬板床。墙上贴着方志敏看过的、已经变成酱色的英文报纸（方志敏曾在美国人创办的教会学校九江南伟烈大学读书，熟习英文）。我看到了伏在桌前正在起草文件的一个人影。我听到了他的咳嗽声。我知道他一直患着肺结核病。我似乎看见他唯恐咳嗽声把桌前微弱的灯火扑灭，一手捂着嘴唇，另一只手小心护着灯盏上摇曳的火苗。——即使黑夜中一点小小的火苗，也让他备感怜惜。他的胸部急剧地起伏着。随着一阵压制不住的咳嗽声，他的手掌里立刻布满了斑斑血迹，正如雪地里的梅花点点。

我的心突然涌起了一阵剧痛。

四

1935 年 1 月，方志敏率领北上抗日先遣队在国民党十几万部队的逼迫下来到了怀玉山。1 月的怀玉山大雪纷飞，树枝上挂满了冰凌。方志敏在山上奔突迂回。

他本来已经突围出来，进入了安全地带。可刘畴西、王如痴等人率领的主力部队两千余人依然陷入国民党部队的重围中，并因指挥上的失误已经错过了最佳的突围时机。他们的牺牲已经在所难免。粟裕请求率部执行接应任务，方志敏考虑到自己是全军最高负责人，毅然亲率接应部队重新钻进了敌人的包围圈。

在危急时刻，方志敏把危险留给了自己。这个毕生追求完美的人，怎会允许自己的人格有丝毫的瑕疵？

国民党部队的搜山开始了。红军极度疲劳，且弹尽粮绝，突围已毫无意义。方志敏静静地躺在怀玉山的怀抱里。即使处境极度危险，他在晚上还是点燃了两堆篝火，击掌呼唤分散在树林里的战士。——他把自己当作了最后的一点火焰，希望可以给战士们一点温暖。可许多人连站起来的力气都没有了。

为了酬谢山中猎人的一顿玉米饭，方志敏把自己的望远镜送给了对方。或许此时，他已预感到此行凶多吉少，他需要有人来用他的望远镜，代替他打量更远的世界？

方志敏躺在树林中的一垛柴窝上。怀玉山用仅有的体温紧紧地拥抱着他，像落难的母亲紧紧护着自己的孩子。

由于叛徒的出卖，方志敏在怀玉山被俘。怀玉山大雪纷扬，漫山形同缟素。时为1935年1月29日。同年8月6日，方志敏在南昌被杀，享年36岁。

36岁，那是一个人最好的年龄。

五

怀玉山松柏苍翠。怀玉山风声如鼓。怀玉山苍苍茫茫。怀玉山山高水长。走在怀玉山间，我感到方志敏无所不在。从树叶间吹过来的风中有他的呼吸，瀑布飞泻下来的流水中有他的倒影。时间把一个只活了36岁的人变成了一个不死的人。而1935年8月6日响在南昌下沙窝的枪声，不过是中止了他作为肉体的生命。

沿着方志敏当年率部突围的路线，我走访在怀玉山上。我想象着他即使濒临绝境依然镇定自若地指挥的样子。他点起篝火招手呼唤战士们聚拢来的样子。在国民党士兵经过的地方，他藏匿的样子。被警卫出卖国民党士兵发现他从藏身的地方走出来的样子。他又冷又饿，浑身污浊，可举止间的从容和眉宇间的英气，令人不可与之对视。

——我想，他的声音应该有几分磁性。他的故乡为上饶弋阳，他说起话来一定也有着靠近江浙的柔软口音吧？这个心存大爱的人，这个有坚定信仰的人，这个性情中有几分孩子气般天真烂漫的人，是一个有着无穷人格魅力的人。几乎所有的人，都臣服于他的伟大人格。

就像玉这种美好的器物，石头一般坚硬，却又水一般透明、冰雪一般圣洁，却又春天一般温润。

——天帝遗玉此山，山神藏焉，大名方志敏。

去梅雨潭

一

戴一副圆框玳瑁眼镜。眼镜后面，是读书人惯有的平静而笃定的眼神。头发三七分，一丝不乱，这是否意味着，他注重仪表，并且极其严谨？他的五官称得上英俊：眉浓，鼻高，唇厚，天庭饱满，地阁方圆。然而他总是抿着嘴，一副不苟言笑、守口如瓶的样子。人群中的他，会不会有点拘谨，有点笨拙？然而他并没有拒人千里之外的意思。只要靠近他，你就能感觉到他的温度。总的来说，他应该是个表面看起来低温但内心温热的人。——这是现代文学史上著名的文学家、诗人、教育家朱自清先生多年来给人的印象，当然也该是1923年，他经北大同学周予同介绍，拖家带口来到温州，担任浙江省立第十中学国文教师，给十中的师生们留下的印象。

那一年的朱先生，二十五岁。他个小，微胖。在这稍显偏僻的、保守的温州，人们面对初来乍到的他，会是怎样的态度？然而他是北大哲学系毕业生。这样的出身，理应得到人们的尊敬。再加上他斯文、谦和、彬彬有礼，人们对他的尊敬也许更多。他是年轻的，可他并没有他那个年龄容易有的轻狂、散漫。他早婚，早在十八岁考入北大时他就结了婚，当然也早育，至今已是三个孩子的爹了。他面对的生活，要比他这个年龄段的年轻人复杂、沉重：他的父母需要他赡养，他的弟妹需要他资助完成学业。为了赚更多的钱，他不得不在担任十中国文教师的同时，到十师兼教公民和科学概论。而他的心性，天生就沉稳有余放达不足。种种这些，无疑会使他看起来比实际年龄老成一些。——他的确有了中年人的样子。以至后人想起他来，并无多少人能想起他少年时的模样，印象里就都是他中年的样子。

他应该是多愁的。他是个诗人，并且颇有名气了，已经有与人合著的诗集出版。他追随着新的潮流，写下了许多白话诗。那些诗，远不是广场上的呐喊，而只是适合在灯下轻声吟诵的梦呓一般的言辞；远不是勇士慷慨的宣告，而是充满愁怨和叹息的独白。如他写《灯光》："那泱泱的黑暗中熠耀着的 / 一颗黄黄的灯光呵，/ 我将由你的熠耀里，/ 凝视她明媚的双眼。"他就像他笔下那颗黄黄的灯光，光焰虽不大，可能够照亮两个人的执手相看，能够让爱的时空延绵。如他写《独自》："白云漫了太阳；/ 青山环拥着正睡的时候，/ 牛乳般雾露遮遮掩掩，/ 像轻纱似的，/ 幂了新嫁娘的面。/……只剩飘飘的清风，/ 只剩悠悠的远钟。……"他总是用十分轻柔的词，来表达对世界的感受。从这样的诗中，可以联想他走起路来，应该也是轻轻的，唯恐惊动了别人的样子。即使他于一九二三年十二月九日晚写的、标题有些吓人的《毁灭》的诗歌，也没有困兽的怒吼和末日般的狂啸，依然是他一贯的近乎低吟的轻诉："踯躅在半路里，/ 垂头丧气的，/ 是我，是我！/ 五光吧，/ 十色吧，/ 罗列在咫尺之间：这好看的呀！/ 那好听的呀！/ 闻着的是浓浓的香，/ 尝着的是腻腻的味……"

然而他并不是没有锐气。他是帝制中国的遗少（1912 年 2 月皇帝退位时他 14 岁），更是中华民国受到启蒙洗礼的赤子。他是孔子孟子的门生，也是受过北大新式教育的一代新人。他穿长袍，也穿当时看着稀罕的洋服西装。他在私塾里完成了最初的学业，自然受旧式教育的影响怀着传统读书人修齐治平的抱负、先天下之忧而忧的担当。早在1911年辛亥革命爆发，他只有13岁，就跟随潮流毅然剪了辫子。1913年，他闻听宋教仁被刺，作诗《哭渔父》，以表达内心的愤激。这种传统读书人的担当，融合了新的时代血与火的洗礼，会迸发出新的能量。1915年，他与学生一起积极参与到抵制"二十一条"运动当中。五四运动爆发时，作为北大学子，他也随同学走上了街头，高声呼喊口号。他受到民主、科学、人权、自由等这些崭新理念的领引，对挽民族危亡、救民众倒悬等重大命题自然会有自己深沉的思索。他当然知道个人力量微薄，可他一直没有放弃读书人的责任，早在1918年，他就投身邓中夏发起组织的"平民教育讲演团"，及至离开了风起云涌的北平，在江浙一带教书为业，他依然用写诗和教育投身到新文化运动中。如1921年，他与叶圣陶一起成立"晨光社"，加入"文学研究会"。1922年，他和俞平伯等人创办了新诗诞生时期最早的诗刊《诗》月刊。他团结诗朋，结交文友，写诗编诗，自然希望以文学为号角，来唤醒更多民众的心智，改良中国之精神。

朱先生早在1917年报考北京大学时给自己取名"自清"，可以看出他的心志，是希望自己一生清白，就像古代许多正直廉洁、光明磊落的君子一样。他同时取字"佩弦"，本意出自《韩非子·观行》："董安于之性缓，故佩弦以自急。"——他多么希望自己，不仅有高洁的品格，同时能克服自己性缓的毛病，让自己就像拉开的弓弦，以更多的激情来为社会和人生。

二

1923 年 10 月，朱先生在授课之余，与好友、画家马孟容、马公愚等人相约去游温州仙岩梅雨潭。

朱先生在温州教书已经八个月了。八个月来，这个长江边（扬州）长大的人，应该暂时适应了这海滨小城的生活。他是否爱上了吃海鲜，闻惯了空气中的海腥味？他的课，越来越受到学生的欢迎。人们日益发现，这个个子矮小、表情严肃、口音浓重的先生，是一个才华横溢、教学认真、值得爱戴的人。他对学生谆谆善诱，受他教导的学生，已经不再需要用半文半白的语句写些"小楼听雨记""说菊"之类的刻板枯燥的命题作文，而是大胆用上了新鲜的白话文，思想和文笔都得到了全面的解放，作文成了一门最愉快的功课。他的写作，有了新的格局。他在《小说月报》发表了白话文兴起以来的第一首长诗《毁灭》，以及散文《笑的历史》。他写出了他文学创作中的名篇《桨声灯影里的秦淮河》……

在温州，朱先生一点也不清闲。他要兼教两个学校的多门课程。备课、上课、改作业，就要占用他的大部分时间。他要安顿一家老小五人，对三个不大的孩子，扮演着慈父的角色——这可不是一件省心的事儿。他要写诗著文，向着文坛冲击。他还要抽出时间来关心时局。他是北大学子，受过五四洗礼的人，关心国家是他的本分。他通过报纸，倾听这个古老而动荡的国家的律动——两万多名京汉铁路工人大罢工，造成 1200 公里长的铁路瘫痪。曹锟迫总统黎元洪出京，通过贿选当上大总统，结果遭到上海、浙江、安徽、广州等省市各界团体的通电声讨。这些消息，无疑会让他这个读书人心怀不安。他会认为，这些大部分远在千里之外的事情，也是自己的事情。……工作繁忙，写作不断，儿女绕膝，国事艰难，朱先生家里的灯光，经常要到半夜才熄。

可是再忙，朱先生也要抽出空来，去走访温州的山水。他是个文人，他当然知道，山水从来就是文学的重要源头，是文化精神的重要原点。亲近山水，拥抱自然，历来是中国文人的本能。古往今来的事例充分证明，一个写作者，如果不善于从山水中获得精神资源，他的文字将乏善可陈。清代张潮如此阐述过文学与山水的关系：山水是地上之文章，文章是案头之山水。那些涌动、耸立或者流淌的山水，是构成一个地方文化品格的重要元素。旅居在温州的朱先生要了解温州，自然会把温州山水当作他的必修课。

10月，朱先生与朋友们从温州市区出发，前往仙岩梅雨潭。——温州有优美的山水，被称为"海上名山、寰中绝胜"的雁荡山、号称"天下第一江"的楠溪江、有"动植物王国"之称的乌岩岭……可这些辽阔和复杂的景致似乎并没有得到朱先生的垂青。他的文集里，并没有这些景致的点滴记录。只有梅雨潭，那个离市区二十公里左右的地方，引起了他打探的兴趣。

经过几个小时的行走，远远地他们看到了梅雨潭。那高高的翠微岭山腰，忽见双崖对耸，绝不可攀，崖壁上附满绿苔及草木，呈自然的暗绿色。有飞瀑自崖合掌处喷吐而出，遇乱石则分流跌撞，似散珠一般奔向山谷。清风吹来，飞起的水花正如白梅朵朵盛开。——那就是梅雨潭得名的由来了。飞瀑之下，便是绿意厚积的梅雨潭。

——朱先生与梅雨潭相遇了。那无疑是一场十分愉快的相遇。那一处小小的、并不引人注目的景致，在朱先生眼里，竟是无比丰饶的镜像。那团充盈在梅雨潭里的绿色，竟成了朱先生眼中独一无二的景观。没有影像资料让我们清晰还原那一场相遇，朱先生的神情是激动还是平静，他的圆框眼镜，是否被这飞扬的梅雨打湿蒙蔽。他根据此行写出来的散文《绿》，通篇是情书的修辞和口吻，可以想象他的愉悦。在这篇不长却流传甚广的《绿》里，朱先生不再是乱世的子民、忙于教务的老师、家境艰难的家长，而是以风景当酒的酒徒、激情飞扬的诗人、陷入初恋的饶舌的纯情少年：

那醉人的绿呀，仿佛一张极大极大的荷叶铺着，满是奇异的绿呀。我想张开两臂抱住她；但这是怎样一个妄想呀。……她松松地皱缬着，像少妇拖着的裙幅；她轻轻的摆弄着，像跳动的初恋的处女的心；她滑滑的明亮着，像涂了"明油"一般，有鸡蛋清那样软，那样嫩，令人想着所曾触过的最嫩的皮肤；她又不杂些儿法滓，宛然一块温润的碧玉，只清清的一色……

可爱的，我将什么来比拟你呢？我怎么比拟得出呢？大约潭是很深的，故能蕴蓄着这样奇异的绿；仿佛蔚蓝的天融了一块在里面似的，这才这般的鲜润呀。——那醉人的绿呀！我若能裁你以为带，我将赠给那轻盈的舞女；她必能临风飘举了。我若能把你以为眼，我将赠给那善歌的盲妹；她必明眸善睐了。我舍不得你；我怎舍得你呢？我用手拍着你，抚摩着你，如同一个十二三岁的小姑娘。我又掬你入口，便是吻着她了。我送你一个名字，我从此叫你"女儿绿"，好么？

三

1924 年的 10 月，直系军阀与皖系军阀发动"江浙战争"波及温州。

为避战乱，朱自清先生扶老携幼，永远地离开了温州，告别了他心中那团无与伦比的绿。

他先是去了淮安白马湖春晖中学任教，1925 年 8 月又经好友俞平伯推荐，赴北平清华大学教书，从此他的命运与清华紧紧地维系在一起。他担任了国文系教授，后又任系主任。1937 年，"七七事变"爆发，不久北平沦陷，他随清华大学迁往长沙，在与北京大学和南开大学合并成立的长沙临时大学任教。同年 12 月 13 日，南京陷落，日寇沿长江一线进逼，威胁武汉，危及长沙。迫于形势，长沙临时大学迁往昆明，是为西南联合大学。他又随学校迁到昆明，并担任中国文学系主任。1946 年 10 月，日本投降一年余后，学校迁回北平，他最终回到了北平。——他就这样不断奔波，颠沛流离。从十八岁到北京大学求学开始，他就一直陷入流离之中。纵观朱先生的一生，流离，是不是朱先生无法摆脱的宿命？

这些年来，其实他不无欢愉的时刻，如 1931 年，他被清华大学派往英国伦敦学习语言学和英国文学，有了游历欧洲的机会。他的诗文的影响力越来越大，出版的散文集《背影》《欧洲杂记》《你我》给他带来了好名声，郁达夫赞美他的散文成就："朱自清虽则是一个诗人，可是他的散文，仍能够满贮着那一种诗意，文学研究会的散文作家中，除冰心女士外，文字之美，要算他了。"作为清华大学国文系主任，他是有建树的。他主持制订了用新的观点研究旧时代文学、开创新时代文学的办系方向。作为学者，不论在古典文学、新文学以及文学批评、语文教学等方面，他都有了不错的业绩。

可他到底是个苦命的人。他的一生，总是充斥着坏的消息。在 30 岁（1928 年）时，他的结发妻子武钟谦在他的老家扬州因传染肺病离世，给他丢下了三子三女。接到消息，他晕倒在地。在朋友们的张罗下，他得以与齐白石的国画弟子陈竹隐结婚。他们夫妻感情甚笃，按理他们应该幸福美满，可是他们聚少离多，他随清华大学一迁再迁，而她为了减轻他的负担，只好带着他的孩子回到老家四川。很长时间，他们不得不忍受两地分居的苦楚。他一个人在昆明，为了增加收入补贴家用可谓勤勉至极，除在联大教课外，还到私立五华中学兼任国文教员。可命运并没有因他的勤勉而对他网开一面。1944 年，他在扬州的女儿夭折。八个月后，他的父亲又在扬州病逝。亲人接连离世，给他的打击可想而知。他又因贫困经常陷入捉襟见肘、吃用无法保证的境地。在逐年的颠簸、劳累和贫困中，他落下了严重的胃病。他的病经常发作，痛苦异常。虽然才过不惑之年，可他的样子已与他年轻时相去甚远。他的好朋友、诗人、散文家李广田 1941 年见到他，竟惊异他的变化："相隔十年，朱先生完全变了，穿短服，显得有些消瘦，大约已患胃病，特别引起我注意的是他的灰白头发和长眉毛，我很少见过别人有这么长眉毛的，当时还以为这是一种长寿的征象。"——不久后人们知道了，那怪异的长眉毛远非长寿的征象，倒可能是死神进驻的迹象。

如果世道太平，他这样的一个人，会以教书、治学为本，尽书生之力报效国家，桃李三千，著作等身，另一方面，他会尽好为子、为夫、为父的责任，给父亲尽孝，让妻子幸福，教儿女成才。可他是乱世子民。他的一生，经历了皇帝退位、军阀混战、日寇入侵、解放战争等重大历史事件。他的目之所及，古老的中国大地，到处烽火连天，百姓流离失所。苛求一张安静的书桌而不得，他这样一个谦和、拘谨的人，渐渐变得愤激，甚至拍案而起，横眉怒目，最终到了视个人安危于不顾的地步。1926 年，他与清华大学师生们一起参加了反对八国最后通牒的示威大会。日军侵华，他于 1935 年 4 月作歌词《维我中华歌》，激励抗日救亡。同年 12 月，他与清华学生参加了北平反对"冀察政务委员会"成立的游行示威活动。1945 年 12 月，国民党惨杀反对内战要求民主的学生，造成"一二·一"惨案，他至联大图书馆四烈士灵前致敬。1946年8月，他的好友闻一多与李公朴被杀害，成都各界人士举行李闻追悼大会。他闻知国民党特务将在会场进行恐吓捣乱，面无惧色，亲临会场，向人们报告闻一多先生的事迹，听众无不愤激落泪。他因此上了国民党的黑名单。他依然不管不顾，在抗议当局任意逮捕人民的宣言、抗议美帝扶日并拒领美援面粉宣言、抗议北平当局"七五"枪杀东北学生事件宣言等多个文件上签名，参与起草清华教授为"反饥饿、反迫害"罢课宣言。他的文字，日益炽烈，远不是《绿》里的美好、愉悦，而是充满了反抗与控诉。他渐渐从一名寄情山水的读书人、一名为人生而艺术的诗人，变成了一名怒目金刚的战士。

——多年的劳累、贫困、颠沛流离，亲人离世的悲痛及身处乱世的悲愤不断消耗着这个身材瘦小的人。他以蜡烛的体量，被迫发出了篝火的光焰。急剧熔化是必然的。1948年他死于胃穿孔，死时年仅50岁。

四

先生在温州时间只有一年余，留下的印迹并不显著：他为十中写了校歌。他写了《温州的踪迹》散文四篇。他在城区四营堂巷55号一个私人宅院里租住了一段时间。对于温州来说，朱先生只算是一名短暂的旅居者。

可是温州依然精心保存着朱先生的印迹。他在温州的租赁之地，被温州政府整体向东迁移两百米重建，辟为他的旧居，所有厢房布局全部按他当年生活的格局陈列，以市文物保护单位进行保护，向游人开放。他为省立第十中学（后改名温州十中）写的校歌，至今依然传唱，其中的名句"英奇匡国，作圣启蒙"已成为温州中学校训。校歌首句"雁山云影，瓯海潮淙"，也成为温州人高度认同的风光广告词。他在温州人心中的地位至高至大。在温州我发现，在一次座谈会上，先生之名屡屡被人念起，所念之人态度必恭敬，言必称先生。当有外埠人士发言对先生稍有不恭，必有人现场表情不悦，奋起反驳，仿佛先生不是一个九十多年前的短暂旅居者，而是与他们有着深厚文化伦理关系的先人。

沿着先生当年的线路，我去了梅雨潭。九十多年的时光改变了这个世界，从市区出发，当年三四个小时的路程，现在坐车只需要半小时就到了。但梅雨潭并没有改变。远远地，便进入了朱先生《绿》中的语境："走到山边，便听见花花花花的声音；抬起头，镶在两条湿湿的黑边儿里的，一带白而发亮的水便呈现于眼前了。"

《绿》中提到的一只苍鹰展着翼翅浮在天宇中一般的梅雨亭依在。在梅雨亭的旁边，一块石碑上刻着先生的《绿》的全文。而梅雨潭上面的瀑布，依然保留了当年的样子："从上面冲下，仿佛已被扯成大小的几绺；不复是一幅整齐而平滑的布。岩上有许多棱角；瀑流经过时，作急剧的撞击，便飞花碎玉般乱溅着了。"瀑布之下，小小的梅雨潭，被更加苍翠的植被簇拥，景致越发好看。那一汪绿色的潭水，依然是朱先生文章里的质地——朱先生的比拟真是精准："她滑滑的明亮着，像涂了'明油'一般，有鸡蛋清那样软，那样嫩，令人想着所曾触过的最嫩的皮肤；她又不杂些儿法滓，宛然一块温润的碧玉，只清清的一色——但你却看不透她！""仿佛蔚蓝的天融了一块在里面似的，这才这般的鲜润呀。"

站在潭边，望着这潭水。我想，这小小的潭水，何尝不是朱先生自己。1923年10月，温州客居的朱先生随朋友来到这梅雨潭，这个拘谨、严肃的人，竟表现出少有的兴奋，并在不久后又重游了一次，还写成了流传甚广的散文《绿》，乃是在这潭水中看到了自己。他的北大出身，他的受过五四洗礼的经历，他得之旧学的读书人责任，让他的性格自然潜藏了宁为玉碎不为瓦全的决绝，就像这潭子之上，自有瀑布从天而降，在无路处不顾一切地跃下山崖。他给自己取字佩弦，是催促性缓的自己，能日日像拉满的弓一样奋力，而这瀑布，何尝不是一张自然间的弓。可真正的他，并没有不废江河万古流的雄心。他只是这样的一潭绿水，面积不大，却是无比丰饶的生命体，如镜潭面，正可以倒映蓝天白云，隐居山间，正可以与清风明月为任。他与天地独往来，酿成这无比丰富的绿色，向着世界奉献出不灭的绿意。他的人格，有着严格的洁度，仿佛这透明的明暗浓淡相宜的绿水（自清）。他与世界之间，赖着这流出山间的涓涓流水沟通，正像他自己，一生从事教育工作，以自己的学识，润物细无声地滋养国家与民族的未来。

他真是这样一潭绿水。他身材瘦小，如果说高大的人是一座高山，那他就是人群中的一座水潭。他所从事的文学，是诗歌，是散文，如果其他篇幅长的文体是大海和河流，那诗歌与散文，不过是文学体裁中的小潭，而他满足于此。他似乎从来没有写长篇的兴致。就是学术文章，他也不喜欢拉到很大的篇幅。他的确是个惜墨如金的人！

与他同时代的人相比，鲁迅、林语堂，或许如磅礴大海，胡适或许如广大深沉的湖泊，沈从文或许是河岸不宽但热爱远方的河流，而朱先生，他只是一个山中水潭、一个梅雨潭。他客居的温州仙岩山间的梅雨潭，正是朱先生自己的精神幻象。

可是他多么不合时宜。他没有能生活在一个安定的国家与时代。命运押解着他，要他像一条河流一样奔向远方。时代逼迫着他，要他向大海一样掀起巨浪。他本是个沉默寡言的人，可是他不得不呐喊、控诉。他身不由己，结果他的能量支撑不了他走那么远，过那么颠沛流离的人生。结果，河流在他 50 岁时断了。结果，他被自己的浪头打翻在地。结果，他过早地得到了永久沉默的判决。

而仙岩梅雨潭，已经附会为朱先生的精魂。人们走近它，很可能是为了去看他。——对一个热爱山水的读书人，一个即使在乱世依然努力保持自己精神洁度的人，我们没有理由不爱他。

海上还乡

一

　　从浙江舟山定海区，驱车半小时到小沙镇，跟着当地向导仄入一条老巷子——通往巷子的路中间整齐铺着锯齿状的卵石块，仿佛是暗合了某种古老礼数的矩阵，让我们的脚步不免郑重了起来。巷子一边的围墙，墙皮灰旧斑驳，处处是青苔的遗迹，似乎是这条巷子历史喋喋不休的讲述者。墙根因墙皮脱落，露出经年的水泥，一块块不规则的石头凸起在水泥之中，如同一个个岁月之疤，暗示着历史复杂与坚硬的质地。巷子尽头，你家暗红色的大门敞开着。大门之上，高高的黑色屋脊，连缀着瓦片摆出的简明几何图案，低处的屋檐，一排扇形的刻印着象形图案的瓦当，使大门有了符合某种深远传统的镇静的美。此刻天气晴朗，阳光落在门前的石板上和门内的院子里。到处都是光，也到处都是岁月之影。年轻的女讲解戴着鸭舌帽，穿着款式稍显夸张的、有着传统纹饰的服装，似乎是有意模仿你的打扮，也颇有几分你早年时的风韵。就想如果下雨，透过你家门成的雨帘，恍惚中我会不会把她当作回乡的你？

你家门牌是庙桥陈家 60 号，不知道这样的编号，是民国以来不变的序号，还是后来重新安排的。院落里一纵一横矗着两栋当地常见的房，纵的是客厅和住房，横的是厨房和餐厅，现在都成了展示你的生平和成就的展厅及录像厅。房子显然经过了修饰，更符合作为纪念馆供游人参观之用，因此柱子与墙上刷的暗红色，依然簇新，并没有与房子的建造历史相得益彰的斑驳痕迹。而我手里有这个院子早年时漆色斑驳、门墙苍老样子的图片。那正是私家老宅的样子，你祖父居住时的样子，应该也是你回乡见到时的样子。

1989 年 4 月，沿着血脉的道路，在无数人的簇拥下，你回到了这里，感受着你祖父的魂魄，体会着你父亲的成长和浓郁的乡情。从留下来的影像来看，短暂的几天里，你激动万分，悲欣交集。检索你在大陆的历史，其实你并没有在这里待过一天，即使是你小得还来不及有记忆的时候。你出生的地方是在重庆，这是即使过了很多年，你的重庆话依然说得很溜的原因。有一张照片显示你去过南京，那是三岁时，你在家人的怀抱里。五岁那年也就是 1948 年，你祖父去世，你随父母去了台湾，就再也没有回过大陆。这是关于早期的你在大陆的全部履历。到底是什么原因，让你在大陆与台湾开放探亲才一年多时间，两岸文化交流几乎还没有开始的时候，就不避繁杂办好一切手续，迫不及待地回到这里？

二

没有人能否认这一点：你是充满了传奇色彩的存在。你是与风做朋友的奇女子。你是异国的沙漠里一个奔跑的幻象——你是瘦削的，我们认为这正是老天爷是为了方便你出远门。我们难以想象一个肥胖的身体怎么可以满天满地地奔跑。你的灵魂是装了磁铁的——如我这样的七十年代初出生的人，都愿意被你吸引。你是远方的代名词，最适合做我们少年的引领。你是中国作家中的一个异数，没有谁像你，以对远方的书写，风靡了整个汉语世界，以及许多个国家和地区。

二十世纪八九十年代的校园里，我们着迷于你的一切：你忧郁的少女时代。你在国外（西班牙、德国、法国）的求学生活。你和荷西在西班牙公园的长椅上的恋爱。你们的婚姻多么迷人！你们是潜水员和作家、姐姐与弟弟、大胡子和长裙、西班牙男子与中国女人。你们之间巨大的差异让爱情散发出异香。你在一个叫撒哈拉的、让你怀着前世回忆似的乡愁的沙漠里，过起了独一无二精彩异常的生活。你给人治病，用指甲油治牙疼，用维生素让人起死回生。你开只有一个顾客（荷西）的中国饭店，你有一个菜叫笋片炒冬菇。你们在荒山之夜遇险，结果把车轮胎拆了、把裙子脱了，才救了陷在烂泥里的荷西。你捡到一块牌子是世界上最毒最厉的符咒，为此你差点送了命。你在撒哈拉考驾照，可还没有驾照的你在警察的眼皮底下将车开来开去。你记录下手臂上刻写着"奥地利的唐璜"字样文身的沙巴军曹、只有十岁的新娘姑卡、随时准备给你开罚单的警察、胡搅蛮缠把东西卖给你和荷西的女商贩、不惜用偷窃的方式来筹钱与远方妻子见面的沙仑、懂星象的亚奴……记录下沙漠里的大帐篷、铁皮做的小屋、单峰骆驼和成群的山羊……

十余万平方公里的撒哈拉沙漠无边无际，可你的文字让我们以为那不过是你的私人花园，遍生的橄榄树是这花园里的景观植物。你在这花园里恋爱、结婚、生活，驾车奔跑，与各式各样的人相处。其实你是这沙漠里的普通一员，可我们认定你就是这花园里的女王，所有的街道和人群都愿意听从你的指挥，那天上的雨水和阳光都由你分配。

那里的一切那么生机勃勃又逸趣横生，我们都感觉不像是真的，而是你的创造。可你的笔下又是那么信誓旦旦。你写下这沙漠中的生与死、爱与恨，我们本该感到沉重才对，可我们没有。我们感觉，那仿佛就是适合发生在假日里的事情！

我们用整整一个本子抄下你的经典名录，用来指导我们的人生。好像你是我们的导师，你的这些话，就都成了我们这些学生眼中的教义。这些发光的句子中有你的性格、温度与表情在，同时又有着与我们迷恋的喇叭裤、卷烫发型、双卡录音机等契合的气息，有我们的青春需要的美和哲理。时至今日，我对这些话依然耳熟能详："一个人至少拥有一个梦想，有一个理由去坚强。""心若没有栖息的地方，到哪里都是在流浪。""有时候我们要对自己残忍一点，不能纵容自己的伤心失望；有时候我们要对自己深爱的人残忍一点，将对他们的爱的记忆搁置在一个漫漫长夜，思念像千万只蚂蚁一样啃噬着我的身体。""风淡云轻，细水长流何止君子之交，爱情不也是如此，才叫落花流水，天上人间搁置。""我笑，便面如春花，定是能感动人的，任他是谁。个人的遭遇，命运的多舛都使我被迫成熟，这一切的代价都当是日后活下去的力量。""每想你一次，天上飘落一粒沙，从此形成了撒哈拉。每想你一次，天上就掉下了一滴水，于是形成了太平洋。""最怕的事情是，我不会回家。我常常站在街上发呆，努力地想：家在哪里，我要回家，有一次，是邻居带我回去的。""好孩子，刻意去找的东西，往往是找不到的。天下万物的来和去，都有他的时间。""幸好现在痛的是我，如果是荷西，我拼了命也要跟上帝争了回来换他。"……

我们把你的张张照片剪下来贴在本子上，夹在课本里，或者贴在床头。我们不停地谈论着你。你是我们谈论最多的人物。你深刻地介入了我们的成长，成了我们生命中的重要部分。你是三毛，而我们又何尝不是！我们模仿你的举动，怀揣着对远方的梦想，把任何一次哪怕是短途的出走都当作对你的致敬。我们把头发留长，故意把自己搞得胡子拉碴，只是幻想着能有一份你和荷西一样的爱情。而女生们刻意模仿你的妆扮。在她们眼里，你穿着牛仔裤的样子，着各种各样长裙的样子，戴礼帽的样子，梳着麻花辫或绾起发髻的样子，远胜过无数名声显赫的影星。不仅你的文字，你的着装也成了我们追捧你的理由。我们会发现，你无所不在——大街上走着梳着麻花辫的三毛，教室里坐着穿长裙子的三毛，庆典的舞台上跳动着戴牛仔帽的三毛，操场上走着穿衬衣牛仔裤的三毛……

三

　　和我同龄的朋友朱芷萱大概是我认识的最迷恋你的人了。她把你的所有书读过多遍。她把你的经典句子抄在一个厚厚的皮封面的软皮抄上。软皮抄的第一页，不是你的"每想你一次，天上飘落一粒沙……"，也不是"一个人至少拥有一个梦想"，而是"最怕的事情是，我不会回家。我常常站在街上发呆，努力地想：家在哪里，我要回家，有一次，是邻居带我回去的"。她曾告诉我，当读到你的这句话，她有被击中的感觉。她会认为，那是冥冥之中你写给她的话。她就是这段话里的孩子——几乎整个童年，她的在大学当教授的父亲与大学食堂做工的母亲经常吵架，边吵边打骂她撒气。经常在半夜里，忍受不了的她会跑到空无一人的大街上躲避、哭泣。实在困了就抱着大腿坐在路边睡上一觉。她的父母没有一次会因为担心她而找她。醒来的她只有一个人孤零零地回家。那么深的夜晚，那么空荡荡的无人的街道，那么小的一个孩子走在回家的路上。

有过如此童年经历的人似乎是你天然的盟友。朱芷萱有一天与你相遇，她似乎找到了另一个自己。阅读着你的文字的她仿佛是圣徒捧着《圣经》。你在沙漠里的经历化作了对她的一声召唤：去远方。从此，小小年纪却早熟的她开始构筑自己的未来。她拼命读书，因为她知道只有读书才是她离家出走的最好捷径。她的努力和聪明，使她的成绩长期居于年级榜首。她以你为模型塑造自己，比如业余学习音乐，练习吉他。她的悟性了得，到高三的时候，她的吉他水平全城没有一个老师能教得了她。长发披肩、有着浓郁文艺气质的她，坐在校园的草坪上，唱着你的歌："不要问我从哪里来，我的故乡在远方"，那一刻，我们都认为，她已经被你灵魂附体。

结果她考上了武汉大学，学的是英文和德语，容易让人产生远方想象的专业。毕业后她拒绝了电视台做英语主持人的邀请，转身去从事各种各样好玩的工作：媒体涉外记者、酒店管理、国际贸易，开启了满世界奔跑的节奏。她的足迹遍布非洲、欧洲、美洲、亚洲。凭她发给我的短信与邮件，我知道她去过的一些国家和地区：厄瓜多尔，哥伦比亚梅塔省马卡雷纳镇、卡塔赫纳附近的泥火山（她在其中洗了个火山泥澡）、波哥大，哥斯达黎加，德国，新西兰，南极，日本北海道、大阪（她给我发过她在大阪十三大桥上观日落的照片），秘鲁利马，土耳其，希腊，哥斯达黎加，智利，阿根廷，斐济，雅典……她有良好的外语能力，可是她最渴望去不需要语言的地方。她去过的不少地方，真的只靠连比带画才能略会其意。她是不是想跑到无人的天边才会满足？

她结了婚，丈夫是她大学不同专业的同学。她把家安在了深圳，在那里，她有了自己的对外贸易公司。我不知道他们的公司是否做得足够好。她跟我说的，永远是路上的事儿，远天远地的事儿，我需要凭借世界地图才找得到发生地的事儿。

到莫桑比克巴扎鲁托群岛驾驶滑翔机，在巴拿马太平洋边的海滨步道奔跑，到智利的复活节岛深海中潜水……俨然成了世界公民的朱芷萱似乎变成了一个没心没肺的人。我不知道，这么多年的行走，是否已经让她忘记了童年在深夜的街道上哭泣的经历？——她没有用笔写下途中经历的习惯，没有充分的证据证明这一点：她是否体会到你在书中袒露出来的心境？

四

几乎所有人都看到了你的纵横四海、你的千娇百媚、你的浪漫不羁、你的才华横溢。可没有多少人知道你的内心有多么寒凉。其实你一直是一个孤独的人，一个在夜晚的星光下独自叹息的人。你有一个不幸的童年：12 岁时，数学老师怀疑你考试作弊，用毛笔在你眼睛四周画了两个大黑圈，并命你顶着这两个触目惊心的大黑圈围着操场跑一圈。在众人的嘲笑声中，乌黑的墨汁顺着你苍白无措的脸颊钻进了你的嘴巴。如此示众的羞辱击垮了原本敏感脆弱的你。你不断逃学，捧着用节省下来的钱买下的一本本书，躲进了阴森却让你觉得无比安全的墓群里。哦，这墓地里的凉意，需要积攒多少热量才能抵御和消解？你父亲只好让你休学，以至你足不出户在家七年。你学习写作、画画，在一个叫顾福生的台湾知名人体抽象画画家的引导下，你逐渐走出了自闭的阴影，含着敏感、羞怯的笑意重新回到了阳光下。然后是你上大学，开始了美好的初恋，与一个叫舒凡的才子恋爱。可是命运开始不断向你露出它狰狞的一面。你失恋，被迫离开了台北，去了遥远的西班牙。不久你回到台北，与一个德国男子恋爱。你们两情相悦，终于到了谈婚论嫁的程度。就在你们印制好了结婚名片的夜里，他突发心脏病去世。这巨大的不幸就这样一再毫无理由地降临到你的头上。你再次远走西班牙，经过六年的爱情长跑，你与比你小三岁的西班牙男子、大胡子荷西在撒哈拉沙漠结婚。你们的感情甚笃，荷西懂得你的一切，几乎所有人都认为你们是天造地设的一对，而你也差不多认为自己是最幸福的女人。可是这样的好日子只有三年，你命中的魔鬼再一次残忍地向你下手：三年后的一天，荷西在一次潜水后失事，从此与你阴阳两隔。他抛下了你，让你从此永久陷入孤独的深渊。

你的身体并不好。你长期受到失眠的折磨。你有轻微或较严重的抑郁症。你虚弱，无法应对更多的工作，为此回到台北不久的你不得不放弃教职，专司演讲和写作。你有让你无比尴尬的无法治愈的妇科病，那是缺水的、卫生条件十分糟糕的撒哈拉沙漠生活留给你的后遗症。1988 年，你患上了严重的、让你无比疼痛的肌腱炎，还在一次意外事故中摔断了四根肋骨，医生甚至告诫你从此不可伏案写作。你是人们眼里无比惊艳的三毛，也是内心千疮百孔的三毛。你是包括我们在内的亿万中国少年的导师三毛，也是内心无比落寞的寡居者三毛。你以你的文字安慰了无数人的心，其实你自己，也是一个需要安慰的人。

你感到体内的热度正在急剧散失。你需要重新找到热源，以对抗童年墓地的阴影、命运里的不幸以及身体的暗疾给你带来的彻骨凉意。你来到了上海，找到了时已八旬、画下了《三毛流浪记》、让你得名的著名漫画家张乐平，把他认作你的父亲，并一起度过了四天让你难忘的其乐融融的亲情时光。你来到了浙江定海，你的大海之滨的故乡，你的祖居地，小沙镇庙桥陈家的祖屋——毫无疑问，故乡与亲情，是最有热量的小火炉，是每个人内心最为暖心的部分。

一定是你的刻意，你选择在一个春天回到故乡。春天，草木萌发，万物葱茏，一切古老的都会充满生机，许多死去的都可以活过来，天地间都是希望和生长，没有颓废和枯败让你伤感。从台北飞到宁波，又从宁波坐船，你回到了这里。在家乡的近一个星期，你就像一个迷路的孩子，见到了久违的白发母亲，你尽情哭又尽情笑。你在空落落的陈氏祠堂里安放供桌，在桌子上摆放供品，三拜九叩焚香遥祭祖先。在无数人的簇拥下，你把燃香插在你祖父的坟头上，恭恭敬敬地磕了九个响头。你抱着你祖父的墓碑哭喊：阿爷魂魄归来，魂魄归来，平平看你来了！你在坟头装了一小袋土，为的是要把它带回台湾。在从墓地回来的路上，你见了上了年纪的女人就抱着哭。你在祖父五十年前挖的井里，亲手吊上了一桶水喝了一口，赞叹说故乡的水好甜呀，也亲手灌了一小瓶要带回台湾。你与你的倪竹青叔叔拥抱，并说："我三岁在南京时你抱过我，现在让我抱抱你！"你与几乎所有你不认识的人热情交谈，满足于好多比你辈分小的人叫你姑姑，把他们都当作你的乡亲。你扒在祖居的木窗上看向里屋，用手去拨门上的木闩，以此寻找祖父与父亲的生活痕迹，感受着他们在这个世界上遗留的记忆与温度……

短短的几天时间，血缘像一根烧红的铜线，连缀着你的心，让你的心升起无限暖意。人们看到你脸上的春光如此灿烂。你不再像是受到疾病和命运折磨的内心落寞的女人，而是一个在故乡的怀抱中无比热情的邻家姑子。你不像是从没有在这里生活过的人，而是一个在这里有着漫长生活经历的人。

我看到过你在定海拍的一张照片。照片里，你穿着牛仔衣、红裙子，背着双肩包，骑着一辆26型黑色单车，左腿支在地上，含笑望着镜头。不远处的小山温柔苍翠，你背后的大地上簇拥着春光。你轻盈的体态和脸上的灿烂笑意让你看起来无比年轻。在那一刻，你再不像是那个唱着"不要问我从哪里来"的女子，而是一个有几分调皮但没有出过远门的邻家女孩。看着这张照片，我们会觉得，你的内心是完整的，你还有无比充沛的能量，还有更饱满的未来。你的脚下还有很远的路。你还会为我们贡献出更加精彩的华章。

然而两年后，从台北传来了你的死讯。

五

你死在台北士林区荣民总医院病房的马桶上。警察提供的情况是：当医院的清洁女工发现你时，"身子半悬在马桶上方，已气绝身亡。一条咖啡色的丝袜，一头套住三毛的脖颈、一头绑挂在吊滴液瓶的铁钩上。""身着白底红花睡衣，脖颈上有深而明显的丝袜吊痕，由颈前向上，直到两耳旁。舌头外伸，两眼微张，血液已沉于四肢，呈现灰黑色。"而早于警察两小时到达现场的你妈妈的描述与警方并不相同：你端坐在盖着的马桶上，双手合抱成祈祷状，头微垂而面容安详。吊颈的长丝袜如同项链般松松地挂在脖子上，颈上并无勒痕，也没有气绝时的挣扎痕迹。

没有人知道，你是死于主动放弃生命的自杀，还是服用了超剂量的安眠药后失去自主能力，精神被动地勒死了自己。包括你的父母在内的许多人，都不认为你会主动放弃生命，原因是你在医院不过是做了一个针对子宫内膜增厚的小手术。你在死之前的两天还兴致勃勃与路上遇见的朋友讲述你一年的打算——你说你要去香港约好朋友逛摩罗街，去上海看望干妈冯雏音，去马德里重新申请已经过期的西班牙护照，以及去西安与叫贾平凹的大陆作家会面。有着这么多计划的人怎么会自杀？还有，你连遗嘱都没有留下。你没有给你的父母、好友及读者留下任何文字，这对读者来信必复、最热爱文字交流的你，怎么可能？

　　如果你是真的主动放弃了自己的生命，或许是你的内心已经成冰。在最后的几年里，你拼命去寻找你的热源，来暖你冷寂的心。你不仅去上海拜访了赐你名的"父亲"张乐平，访问了祖居地定海小沙镇庙桥陈家，你还去了重庆，这个你出生的城市，寻找你童年的影迹。在人像摄影家肖全给你留下的你在重庆的照片里，你与街头的儿童一起嬉戏，与老茶馆里的老人攀谈，在一把不知谁家的旧竹椅上盘腿跌坐，一切看起来都是这么自洽、愉悦……即使这样，你依然走上了自我了断之路。是不是与上海张乐平的父女之情于你只是一种虚拟的情感？是不是与倪竹青叔叔隔了四十多年的拥抱并没有给予足够的让你抵御寒凉的热度？是不是你的祖居之地定海小沙镇由于隔代给予你的热量只不过是一个并无多少光热的小小灯盏？是不是四十年后，你童年的重庆已不复存在，你在重庆看到的，不过是你去过的无数个异乡中的一个？

　　或许是你早已参透了生死的玄机。你曾在《结婚礼物》一文中写道："死只是进入另一层次的生活。如果这么想，聚散无常也是自然的现象，实在不需要太过悲伤。"在《明日又天涯》中你跟荷西说："你说，ECHO，你会一个人过日子吗？我想反问你，你听说过谁，在这世界上不是孤独地生，不是孤独地死。"在《雨季不再来》中，你写："生命无所谓长短、无所谓快乐、哀愁、无所谓爱恨、得失……一切都要过去，像那些花，像那些流水……"你走过了千山和万水，伫又回到了你人生的出发地——定海小沙镇陈家祖居及你出生的重庆，你心已安，于这世间再无牵挂。你要去陪你的荷西。你经常感到荷西回来看你，与你说话……

六

我的朋友朱芷萱失踪了。她的微信在2015年9月28日后就不再更新。没有人知道她去了哪里。所有的人都找不着她。

朱芷萱的离去或许早有预兆。早在多年前，她怀孕了。这本是多么好的事情，可是她整天陷入无比的惶恐与焦虑之中。是的，是肚子里的孩子，提醒了她童年遭遇的存在。这些年，她一直在刻意遗忘，她以为自己走得越远就会离童年的记忆更远，有段时间她真是完全忘记了。可是因为怀孕，童年的一切都像潮水般涌来。

她的梦里经常出现那条午夜的空无一人的街道。她看到了街道旁那个绝望哭泣哭累了就抱腿睡着了的小女孩。她看到了她内心的悲伤及恐惧。她听到了她发出的响彻整条街道的哭声——当然，如果是狂风刮起的夜晚，街道两旁的树仿佛跃动的虎豹，巨大的风声就会掩盖小女孩的哭声。甚至有几次，那午夜的街道也不是安安静静的。它会扭动起来，仿佛一条忧郁的巨蟒。半夜醒来，她全身是汗，就像从水里捞上来的一样。

她看到那小女孩午夜孤独回家的背影。她听到了小女孩叫着妈妈的声音。是她童年的声音，还是她肚子里的孩子在叫她？她是梦里的那个孩子，还是孩子的母亲？她肚子里的孩子，也会有这样一条午夜空荡荡的街道等着他吗？她为此忧虑、恐惧，以至惶惶不可终日。她不再是那个天马行空、脚踏祥云的浪漫背包客，而是一个目光惊恐、患了魔怔的可怜妇人。她经常失眠，经常整夜整夜睡不着。一旦入睡，女孩和街道就从梦里浮上来。她的身子急剧瘦下去。有几次，她晕倒在了大街上。我见着她的时候，感觉她就像纸一样薄。

好在这样的日子并不算太久。惶恐不安的朱芷萱终于生下了孩子。孩子是健康的，并没有受到她产前抑郁的影响。抚摸着孩子的眉眼和手脚，朱芷萱悲喜交加，泣不成声。然后，她迅速恢复了正常。她的体重开始增加，睡眠也开始慢慢转好。一切好像什么事都没有发生一样。

她把孩子托付给了她的母亲——那个与她的大学教授父亲离婚多年的女人，然后重新扎入了商场，重新变成了商场上的女强人。她的生活看起来并无异常：她周旋于许多生意人之间，用英语和德语与许多国家的人谈业务。她与大学同学离了婚，然后把自己转嫁给了一个南京的中年离异男子——据说是一个十分浪漫、野性十足，同样热爱远行具有传奇经历的男子。她把她的公司搬到了南京，同时开始了以全世界为目标的旅行。

她在她的微信里经常晒她的行走图。她似乎越来越着迷于潜水，微信里经常是她出国潜水、穿着潜水服在深海里与各种海洋鱼类合影的图片。她的微信头像也是她的潜水照——她穿着红色的裤子与衣服，口衔着呼吸管，戴着浅绿色潜水面镜，向着镜头做着剪刀手动作，就像深海里的一条鱼。

她到全世界的许多海域去潜水。在她2014年11月16日的微信里，她标示的去过的潜水地有：智利的复活节岛，加勒比海圣托玛斯岛、巴西的费尔南多迪诺罗尼亚岛，马来西亚的军舰岛、马步和诗巴丹，塔西提的莫利亚和波拉波拉岛，新西兰的瓦纳卡岛湖，帕劳，印尼的科莫多，马尔代夫，斐济的太平洋港和塔韦乌尼岛……

然而有一天她失踪了。2015年9月28日她与朋友抵达了厄瓜多尔，微信里拍了一张证明她与同伴抵达的满地行李箱的图片，留下了这样的一段文字："潜水大部队集合完毕，预备出发，未来一周出海潜水无信号，顺祝大家中秋快乐。"想不到，这是她留在这世上的最后一段话。之后朋友传来消息：四天之后也就是 10 月 2 日，她在厄瓜多尔加拉帕戈斯群岛潜水时失联。之后的十天里，厄瓜多尔出动直升机、大小船只和快艇进行了水下水上持续搜救，却没有她的任何消息。

她去了哪里？她的失踪，仅仅是一场不幸的意外吗？我怎么感觉，那是她精心设计的离别？多年前的产前抑郁，说明童年的阴影于她从来没有消失，那条午夜空荡荡的大街一直在她的梦中惊悚扭动。她想逃避，然后她喜欢上了潜水这种运动，那是可以栖身在与陆地完全迥异的深海中的运动，是可以让那条午夜的街道完全找不到她的运动。在那里，她才会感到安全与宁静。最后，她选择永久性地留在了那里。她会认为，没有告别，就意味着她从没离开；没有肉身，就会让人以为她依然在。如此美好绚烂，又看似毫无痕迹（就连最后的微信里的那句话"未来一周出海潜水无信号"都几乎看不出破绽），是只有像她这样太过聪明又寒凉至极的人才干出来的事情……

如此的离开，如此的举止，不禁让人想到你——她一生挚爱着你，就连结局也与你类似。

七

2017 年，一个偶然的缘分，我去了定海，专门去小沙镇你的祖居看你。我已经是如你当年回乡的年龄，可站在你的祖居面前，我怎么感觉自己，还是二十世纪八十年代末的课堂上那个阅读你、迷恋你、有几分害羞的小男生？巧的是，我来也是在 4 月，我眼前看到的春色和阳光，是不是和你回乡时看到的一样？

你的祖居经过修缮已经面目一新，可我还是努力捕捉你的影迹。你曾在院子外面从窗台向里张望，企图看到你的祖父和父亲在院内生活的影子，而我也把头放在窗台往里探看，为的是想看到二十多年前被人簇拥着站在祖居院子里的你。你曾用手拨动门闩，想感受你祖父和父亲早年的手温，我也尝试着以这样的动作来感受你。院子的一小块墙上挂着盆栽的花儿，紫红色的花在阳光里开得正盛，带着你笔下的气息。有一辆 26 型黑色单车，品牌是我们的时代熟悉的凤凰，据说就是你当年穿着蓝色牛仔衣、红裙子骑着拍照的款型。恍惚中觉得单车随时会自行滚动轮辐，发出嘀嘀嗒嗒的声音往前走，带着你的一颗浪迹天涯的心，奔驶在春天的阳光下……

你的祖居里你无所不在。你只给了你的祖居地一周的时光，可它慷慨地珍藏了你的一生。我看到南京三岁的你在父母怀抱里的样子，你穿着白色衬衫无比青葱忧愁的少女的样子，你在撒哈拉与荷西相依相偎的小妇人样子，你在重庆表情沧桑坐在街旁竹椅上的样子（你的衣裙的质感有着与你的表情相同的硬度）……另一个厅里的电视机里，周而复始地播放着你回乡的录像。在录像里，你哭，你笑，你用过于郑重的语气在祖父的坟前连着说"魂魄归来"，仿佛是唱戏的人在众人追捧的梨园有板有眼地演唱一段经典戏文。你的每一个举止、每一句话仿佛都经过深思熟虑。你似乎为这次回乡精心设计了每一个动作、每一句台词。你的情绪一直饱满、高涨。我依然能从你眼角有些深刻的鱼尾纹里，从你不小心露出的龅牙里（这在你少女时代的照片中从未见到），从你的举手投足间，看到一个孤独的你、悲伤的你、阴影重重的你。你回来了，可我怎么感觉你的内心有一小块地方，从没出发，当然也无所谓抵达？

联系你的一生，你似乎并不属于人群，而是属于异乡、远方、道路、海洋。你的命运似乎一直与大海纠缠不休。你是定海小沙镇走出去的女儿，你的血脉中带有海的基因。你在海洋中的城市台北长大，潜意识里是否有你一生渴望逃避的悬浮于海上的囚禁、围困之感？然后，你在地中海之滨的西班牙读书，恋爱，又在撒哈拉沙漠与荷西结婚——沙漠，不就是另一种形式的海吗？1989年4月，你从台北回到故乡，不过是从海上还乡。1991年1月，你死在台北士林区荣民总医院，不过是去了另一片海洋——那片海洋的名字，要比你之所见，更加壮阔无边，它的名字叫作死亡。

世上有一种人，就像海一样的，壮阔而又寂寥，奔涌而又孤独，浪漫不羁、激情四射却终生寒凉。我想，你与和我一起长大的朋友朱芷萱，大概都是这样让人叹惋的人。

从讲解员手中，买下了几本盖有祖居纪念章的你的书（是的，这么多年了，我的阅读已经丰富，经历也足以向如我当年的少年炫耀，我依然如此地热爱着你），我走出了你的祖居。屋外的阳光格外灿烂，天地间显得如此单纯无辜。有丝丝带着腥味的海风钻入鼻翼。哦，那是不是你的海洋世界派出的信使，向每一个在此经过的人诉说远方，向每一个热爱你的人，表达你深情的致意？

辑三：动物们

龙

　　这条龙刚到外祖母村子里的时候，是拘谨的、羞怯的、小心翼翼的。踩着鞭炮碎屑铺满的入村之路，它的神情里有一种生怕打搅了谁的不安。它的头随着锣鼓声摇摆，鼓凸的眼却仿佛在偷看围观的人们的反应。它在村子空地上卖力地滚动，仿佛是学堂课桌旁的小学生，渴望通过表现优秀获得老师的夸奖。它不断做出憨态可掬的动作，刻意压抑着性子里的暴烈和血性，仿佛女主人面前滚动着毛线团的猫咪，或者是母亲怀里邀宠的幼儿。

　　这条龙是一条小龙。赣江以西的龙，有十来节的、二十来节的，据说隔壁盘谷乡的谷村，村庄大，有一千五百户，曾经出过八十多节的龙。就不知道这么长的龙，壮是壮观，却又怎么舞得动？这条龙只有七节，是赣江以西最小的龙，应该来自一个人口不多的村庄。除了敲锣打鼓的老汉，舞龙者都是些二十来岁的男子，穿着新年才有的挺括、却不一定贴身的、各式各样的衣服。有一个年轻人，可能只有十七八岁，像个中学生，有一个明显瘦弱的身体，和一张青葱的脸。

毫不客气地说，这是一支拼凑痕迹很重的乌合之众。可是，他们的龙是不错的，我看到它的头饰精致，造型夸张而有精神，严格遵循了这块土地上与此有关的传统，龙须明显来自某个女人的马发，做龙身的黄色布匹质量也很好。

这条龙在空地上舞过，然后按规矩去探访与自己的村庄有血缘关系的亲人，无非是嫁出去的女儿家、渐渐老去的儿女成群的姑爷家。每到一家，必到她的厅堂，致祝词，佑平安。在赣江以西，龙是可以腾云驾雾、呼风唤雨的神兽，主宰年成、运命、吉凶的神灵。龙所到之处，必有主人毕恭毕敬，点香烛，鸣爆竹，封红包，表示接应。然后，那龙就歇了下来，停靠在我外祖母邻居家的墙边。不用说就知道，我外祖母邻居家的女主人，肯定是那出龙的村庄的女儿。

这条龙终于吃饱喝足，从新年的亲戚家的酒桌上起了身，摆手谢过了主人的热情挽留，摇头晃脑地向村口走去。大路两旁的房子春联飘飘，上面填满了吉祥如意、春回大地等让人高兴的词儿。路上，有穿着新衣的孩子追逐着兜售气球的货郎。空气中飘满了酒和油菜花香混合的、让人意乱情迷的气息。此刻正午，阳光热辣，是隆冬少有的能把人晒出油的天气。许是受了这种气氛的蛊惑，或者是吃饱喝足的缘故，这条原本羞怯的小龙的脚步就有些飘，体态和姿势就没有了表演时的拘谨和卖力，而是多少显得轻狂和浪荡。那原本高昂的龙头，现在左右摆动，让人想起乡下到处可见的酒喝高了旁若无人地哼着小曲的二流子。

我跟随着它，就像一个懵懵懂懂的孩子，渴望得到任何新鲜事物的领引。我能闻见它全身散发出的酒气。我能感受到它酒足饭饱后的心满意足。我看到它穿过了大路上来来往往提着礼品忙着拜年的人群，百无聊赖地耸动着双肩，好像有失体统的君王，一身松松垮垮地接受着沿路臣民们的注目礼。它甚至忘记了基本的礼节、威仪，连龙出行时必须敲响的锣鼓都忘了敲，可也没有人认为这有什么不妥。它就这样在酒精的催发下，摇摇晃晃地走出了我外祖母家的村子，懵懵懂懂地向另一个叫下花园的村庄方向走去。

在赣江以西，危险从来存在。就在小龙刚刚离开我外祖母的村庄，在对面大约二里外的叫下花园的村口，也有一条龙摆手告别了亲友，正徐徐走下山坡。看得出，那条龙比这条小龙长得多，节数甚至超过小龙的两倍，暗示着它的血统——那肯定是来源于一个大一些的村子。——那条龙的步子也有些摇晃，大概同样是喝了些酒。龙头摇头晃脑，似乎是随时要趁着酒兴高歌一曲。它们是不是赣江以西谁家的孪生兄弟？除了长度的不同，两条龙有几乎一样的外表：一样的彩色头饰，瞪眼探舌的造型，一样的黄色龙身。制作两条龙的花匠也许出自同一个师傅门下，来自同样的一个传统，取材的布料都可能来源于镇上的同一家布店。它们是不是要在这两村之间的田野上兄弟相认？

事情远没有这么简单。龙是骄傲的舞者，是孤独的王者，在赣江以西的习俗里，在同一条路上，龙从来不懂得避让，狭路相逢的两条龙，只有决斗拼杀，淌血而过。不然，龙所代表的村庄和家族这一年是要倒血霉的。

为了避开争斗，舞龙者从来都小心翼翼，用敲响锣鼓声或者事先约定等办法来把握出行时机。可这两条龙因为喝多了酒，忘了及时敲响锣鼓，等它们上了路，彼此发现了对方的存在，才知道这一看似无关紧要的疏忽造成了多大的错。

这一条平常的小路上开始变得充满剑拔弩张般的紧张。我看见刚才脚步轻狂浪荡的小龙开始步步为营，如临大敌。对面的龙脚步凝重，原本乱七八糟的阵型现在变得整齐。锣鼓声早已敲起，却远不是平日里的欢快、热烈，而是宛如陷入十面埋伏的惊心、凌厉。那盛开的油菜花一个劲儿地黄。

早已得到消息的人们纷纷拥向村口。阳光猛烈，远处的油菜花宛如耀眼的黄金。人们只有以手加额才能避开耀眼的阳光，让自己看得更清。我看到，数百米处原本无冤无仇的两条龙龙头撞向龙头，龙尾绞住龙尾。它们开始互相绞杀，时而抱成一团，时而轰然散开。原本彬彬有礼的龙，现在成了身不由己的暴徒。

　　我看到人的身体在两条龙之间腾挪踊跃。附近金黄的油菜花地里一片被踩躏后的狼藉。我听到拳头击打在身体上发出扑扑扑的声音。击打者粗暴的叫喊声、承受者不堪痛楚的惨叫声不绝于耳。我听见倒在地上面目全非的龙的喉咙里发出咻咻的喘息声。村口看热闹的人们引颈眺望却不发一言，仿佛是一棵棵落地生根、无声无息的树。

　　我看到有人跌跌撞撞地跑过来，在田埂跌倒，爬起，又跌倒，又爬起。他的身后有人在追赶他。他的身体明显瘦弱，奔跑中有一种慌不择路的恐惧。我认出他正是那个十七八岁的孩子。他的那张原本青葱的脸上，血肆意流淌，形成怪异的图案。血和恐惧使他的表情十分骇人。他要怎样才能以孱弱的身体，越过这远比他强壮、远比他和他的同伴们人多势众的对手，走到这小路的尽头？

　　我感到了疼痛。我感到所有的拳头都打在我的身体上。我的身体因恐惧和不堪承受而发抖。我是一个只有十岁的孩子，可我感到此刻我就像那些敲锣打鼓的老汉一样衰老。我不过是趁着春节来我外祖母家走亲戚的局外人，可我感觉自己就是这打斗中的一个。血往我的脑门上涌。我感到我的泪水流了下来。

　　我感到我的故乡在受难。那年轻的鲜血肆意流淌。新年里的油菜花哒哒哒地开。那仆地的不成体统的龙，多像我筚路蓝缕却喜怒无常的先祖。而那些遵循古老习俗的打斗者，都是我素不相识却相濡以沫的亲人。

虎

　　我的外祖父据说是赣江以西一名出色的乡村拳师，精通南拳的多种招式，不过我从来没看到他耍过，人们的口碑中，也没有他以寡敌众的事迹传播。同时他还是个郎中，通晓草药、针灸，凭此特长，解放后他被政府安排到他的村庄医疗合作社上班，成了村里少有的不下田拿十个工分的享受干部待遇的人。他的医术到底如何我也知之甚少，我有一个堂叔告诉我说，曾经当场看到过他治疗一个中暑的人。他随身掏出一套银针，只是简单地在躺倒的患者身上扎了几针，那名原本浑身无力、面色苍白的患者，脸上立即有了血气，走起路来也稳健得多。患者忙不迭地向外祖父道谢，而外祖父只是淡淡地挥了挥手。这样的外祖父形象让我满意，不过我母亲口中的外祖父又是另外一个样子。母亲偶尔说过，外祖父年轻时好赌，是个泼皮，经常离村到另一个叫南山的村庄赌上几天几夜不归，家里钱财全部输尽。有一回我外祖母去南山劝他回转，输红了眼的他竟然当众把外祖母痛打了一顿。我承认我对外祖父印象淡漠，因为在我七岁的时候，有病在身的他因贪吃鹅肉加剧了病情而死去。他患了什么病竟到了连鹅肉也吃不得的程度，作为郎中明知不能吃何以又偏要贪吃，我并不知究竟。他留给我的记忆是身材瘦高，是赣江以西的乡村难得一见的瘦长之人，高度应该在一米七八左右，我至今的身高应该遗传自他。因为身材太高背显得有些驼，不过走起路来颇有风度，他步码较大，却喜欢背着手，一边走一边和悦地与路人打着招呼，看起来很有些身份。我记忆中有过几次和他同步的经历，都是我一路小跑，才能与他平齐。他并不停下来，似乎是要训练我的脚力的意思，这使我们的行走，有了一些刻意制造的戏谑意味，我至今想起来都无比温暖。还值得一提的是我的外祖父其实是个秃子，头发几乎完全没有，并且是个花秃，锃亮的光秃秃的顶上还有几条白色的难看的花纹。他因此得了一个外号，叫作"炳茂腊帝（炳茂是我外祖父的名字。腊帝，方言，秃顶的意思）"。时隔三十多年我想起他来，首先是那光秃秃的有花纹的头顶。

我对外祖母的印象倒是深一些。我在近三十岁的时候她才谢世。她个子不高，脾气好得很，整天一副低眉顺眼的典型南方乡间小媳妇的样子，到老了就成了慈眉善目的外祖母的模样。她一天到晚穿着青色斜襟短衫，衣服上一般有不多的几个针脚整齐并不突兀的补丁。很小的时候我经常找理由去看她，吃她做的饭菜，还有秋天垾在墙角的红薯。挨了母亲的打后，我更是殷勤地跑到外祖母那里吃喝拉撒，仿佛外祖母的家自然成了我的庇护所。奇怪的是，我在我的村庄名声并不太好，经常闯下祸来惹人家找我父母告状，挨打是常有的事。父母和老师都不喜欢我，可在外祖母家我完全是另外一副样子。我聪明伶俐，乖巧，会讨外祖母的喜欢，并且有了一些朋友。及我长大了外祖母也老了，每年暑期，赣江边的村庄到了七月初七过新米节宴请各路亲人，我都会骑着自行车去把外祖母接来我家过节。我依然记得她坐在我的自行车后面的样子：坐姿是侧坐，双手却紧紧抓住后座，生怕随时会掉下来。外祖母实在太轻了，我骑起来根本感觉不到后座的重量。可从我家到外祖母家都是山路，路都不平，我怕颠着外祖母，还怕她老人家坐不熟练会摔下来，每次都会小心把持龙头，双脚均匀缓慢踏行，并一路问她有没有颠簸，要不要再慢一些。及至后来，我参加工作了，外祖母的背就驼了下来，腿也走不动了。每次去看她，经常看她坐在舅舅家新盖的房子后门的一条小凳子上，望着门口往来稀少的行人，似乎是趁着还没去世，多和活人说上几句话。

我外祖父和外祖母的村庄叫积富，离我家只有三里远。从我家去，要经过一大片田野，一个叫七里坪的红土大坪山，再经过一个叫岭背的小小村子，穿过一段长满湿地松的山路。村庄杨姓，几百年前是从杨万里的村庄湴塘分蘖而来（这让我隐隐有些骄傲，仿佛我的血里也隐含了诗歌的因子）。我对这个村庄怀有很深的记忆。那里的红薯特别好吃，因为它们不是像我们村的只能长在泥巴田里，而是长在红壤的山上。我外祖父家的房子要从仅存的路上拐弯穿过一个很深的巷子。巷子开始很大，到另一头就只能容身。过了那一头就看到我外祖父家的房子。外祖父家的房子是土砖做的，上面盖着飘出屋檐很宽的、为了避雨的瓦，显得极其简陋，似乎是外祖父年轻时孟浪好赌的证明。不过房子被我外祖母收拾得非常干净，几乎称得上是一尘不染。饭桌的木头缝里从没有过饭粒，桌面上也没有油渍，显现了外祖母非常强的持家本领。外祖父死去多年后，舅舅把土砖房子的料拆下，在另一个地方盖起了一幢新瓦房。我对后来的新瓦房并没有多少认同感，倒是偷偷去看过老房子。过去的土砖房已经成了一片废墟，原本人来人往的巷子里空无一人，我不由得生出惆怅之感。我外祖母去世后，我舅舅家也搬离了这个村庄去了县城，这个村庄和我已经没有多少瓜葛了。至今每年从省城回家过春节走亲戚偶尔还会路过积富村，有时还会遇见一些面孔貌似熟悉的人，如果他们认出我来与我招呼，我都会慌忙回应。凡中年以上男子我统称舅舅、女的称为舅母，如果更加衰老不堪的我就一律叫外公外婆。而他们到底是谁，和我母亲家到底有多少恩怨，只有天知道。

我的外祖父至今已死去三十多年，我的外祖母也离开这个世界十余年了。他们就像空中飞鸟已经越飞越远。而他们身后的世界已经物是人非，随着他们的离世，我们一家与母亲支系的感情已经远没有他们在世时浓了；我这个当年淘气的小外孙，已经长成了一个很有沧桑感的男子。他们留在世上的痕迹似乎越来越少。我没有他们的照片作为留念，他们在世时本身就穷困潦倒，也没有能给我留下什么金银珠宝。我只有一顶虎头帽随身携带，那是他们在我小时候专门送给我的。

在赣江以西，男孩出生三天或百日，外祖母家要给孩子送毛线和虎头帽作为礼物。毛线自然是去圩镇购买，虎头帽则非要出自外祖母的手艺不成。这样的风俗从何时开始不得而知，其用意自然是以血缘的名义护佑婴幼平安健康成长，邪恶不在，爱的力量无穷。

我终于说到虎了。那是一只咆哮在布上的虎。准确地说，是一只只露出了一个头的虎。蓝色的布上，那虎长着折叠的双耳，橘红色的凸起的鼻子，紫色的眼帘，白色的眼睛，黑色的眼珠。鼻子上绣着一个小小的白色"王"字。白色的嘴里红黄两色，红色呈 V 字波纹形，仿佛是老虎似笑似怒中咧开了嘴，露出了尖锐的牙。嘴角两边还绣了黄色的植物卷须般的虎须。——那是一只有几分憨态的小虎崽子，是被祝福被宠爱的生灵的样子，依现在的话说，有几分卡通的可爱味道。

那布帽上的虎针脚均匀细密，可以证明我的外祖母优秀的女红技术。造型和色彩都让人觉得似乎来源于遥远的古代，起源于一个尚不被我深刻了解却与我息息相关的传统。我在如此深远的传统的祝福和护佑中逐渐长大，那血脉延伸的道路如此绵长。

这小小的帽子早已容不下我的头了，它早已经成了废品。可是我日日携带着它，从乡村到城市。只要我看到了布帽上的虎，我就感到我依然在受到我外祖父和外祖母的护佑和祝福。只要看到虎头帽的针脚，我就感到外祖母缝合时的手温宛然依在。是的，他们并没有远去。他们已经成了我所在的赣江以西的故乡传统中的一部分。而我，不管是年轻还是老迈，永远都是传统中受到护佑的婴儿。

五店市的马

　　在与泉州并不多的交往里，我没来由地觉得泉州应该是一座到处能见到马的城市。这没有什么不对。在古代，乃至不远的过去，偌大中国，有哪座城市，不是用马拉动运转的？马实在是电力时代以前城市生活不可或缺的部分。皇帝的圣旨，需要驿马传送才能抵达城市掌管者的官邸。得到新的任命的官员，需要骑马去新的治所赴任（走马上任）。乡间收集的粮草，要通过马车才能运往城里的官仓。那些大大小小的客栈，都有专门的马厩，供来往的马歇脚。大户人家的门前，都有拴马石，以款待来访的客人。……

　　然而，我以为泉州是一个与马关系更不一般的地方。首先，她算得上是外省人最多的城。它的治下有城曰晋江，乃是因接纳了晋朝北方躲避战乱（五胡乱华）的中原人而得名。成千上万的汉人，从东晋的首都洛阳，或整个中原，到这被称为中国南边陆地尽头的泉州，中间山重水复，数千里之遥，没有马的运载，怎么可能到达？干粮、细软、妇孺、家谱，这些脆弱又金贵的事物，没有马的驮运，怎么携带？

中国历史上，朝廷大多在北方，没有马，北方朝廷的声音，这最南边的泉州，怎么听得到？泉州是闽南的商业中心，如果没有马，勤劳精明的闽南商人，靠什么来运输茶叶、布匹（丝绸）、瓷器这些全世界都很抢手的商品？明代最伟大的航海事件，是郑和下西洋，船队起航的地点在离泉州不远处的福州长乐港。据史料记载，郑和曾经到泉州搜罗最优秀的船工去造船。他会不会同时搜罗了许多马加入他的举世无双的船队？他的船队，甲板上就跑动着许多马。郑成功、施琅是泉州人，他们的赫赫战功，必须由马上建立。这么一想，泉州有过著名的养马的历史也说不定。

在泉州，我的眼前总是晃动着许多马的影子。晋江五店市的街区内，古老的石板路上，我似乎听到了许多马踏过的声响。试想如此材质的路，如果没有马走过，那就太遗憾了。那凹凸不平的地方，该有马踩踏出来的印迹才对。那一栋栋宛如皇宫的红砖古厝之间，如果跑动着一匹匹白色的、鬃毛飞扬的骏马，那该是一种多么动人心魄且相得益彰的美。阳光照耀，红砖墙上，出现了一匹跃动的马的投影……庄氏家庙和蔡氏家庙，这两座具有地标意义的历史深厚的庙宇，如果门口没有经常停驻载着孝子贤孙从外省归来的马匹，怎么证明这里家学深厚、后继有人？那高中进士榜的后生，在家庙门前骑着高头大马、戴着大红花。那在外开了商号的，用四驾的马车拉着他实现衣锦还乡的愿望。开元寺的门外，该有马摇动着尾巴。它们在静等着进去求佛的某位官员或客商的家眷归来。寺里的钟声传来的那一刻，马会不会停止咀嚼，脸上的表情一如寺内的沙弥？

在我的印象里，泉州应该是一座透着马的气质的城市。她多元、包容，陆地和海洋、东方与西方多种文化在这里交会。她野性不羁，因为有了与内陆或者说中心省份的遥远距离，她就有了天高皇帝远的牧野之感。她动感十足，每一个在这里生活的人，都怀着一颗纵横四海的心。还有，她称得上性感妖娆。东西方文明的融会让她有了一种混血的美……仿佛马，有一双良善、慈悲的、素食主义者的瞳孔，扬起的马头，飘扬的马鬃，以及滚圆的肌肉，是动物中最美的样子，跃动的马背，时刻响应着远方的呼唤……

可我到达泉州的时候，泉州城里已没有了马。这是一个电力和燃油的时代。泉州的地面上跑动着火车和汽车。路上到处是斑马的条纹，可看不到马的踪影。没有马跑动的泉州，多少显得不那么灵动和张扬。这不是泉州的问题，这是整个世界的问题。整个世界几乎都没有马了。我们已经到达了一个不需要马的时代——一个机械的、精于算计的时代。

可我在泉州还是见到了一匹马。那是在晋江五店市街区门口的白色的马。它佩了漂亮的马鞍，头低着，鬃毛趴在脖子上，仿佛刚刚从外地归来。它是按照真实的马的大小塑造的一尊马的石雕作品。它雕得太好了，远远看去，根本就不像是一匹石马，而是随时可以出去吃草，或者奔跑在街区之中，把马蹄踩踏在石板路上，高昂的头颅，映在红色的墙上。我去的时候正是雨天，马就站在门口，身上因雨水浇灌而显得征尘重重。当我走进五店市，我疑心所有的人都有可能是它的主人——包括蔡氏和庄氏家庙里进出的人，以及古厝屋檐下躲雨的人。由于马的存在，我觉得他们都是走了远路的人。他们的身上，有没有携带几张银票、路条、几块碎银，以及一把防身用的匕首？

记一只白鹭

　　白鹭是南方山水田园中最常见的灵物。它浪漫，抒情，全身如雪，体态修长，飞翔之姿如书本翻动，又最容易作为气节坚贞、卓尔不群的传统文人的象征。

　　吉安赣江江心的小洲，就以白鹭为名。南宋淳祐元年（1241 年），朱熹再传弟子、吉州知州江万里，在洲上按他母校白鹿洞书院的程式，开创了白鹭洲书院。

　　说到白鹭洲书院，人们总是容易说到文天祥——那是多么漂亮的一只白鹭！

　　文天祥 19 岁就读于白鹭洲书院，20 岁高中状元，从此进入南宋政坛。元军南下，他散尽家财，招募士卒勤王。国家衰弱，他受命为右丞相兼枢密使，与元军议和，因面斥元主帅伯颜被拘留后逃脱，历经九死一生才返。又聚兵，终至兵败被俘，几乎家破人亡，押至元大都，被囚达四年之久，屡经威逼利诱，仍誓死不屈。最终从容就义，终年四十七岁。

论才华，论事功，论文学，文天祥都应是白鹭洲书院的最佳代言人，当然也是中国历史天空中一只优美而又悲情的白鹭！

可是白鹭洲书院还有另一只白鹭，他就是南宋著名词人刘辰翁。他仅比文天祥年长四岁，并且同时受业于白鹭洲书院，同为江万里的弟子，面对的是完全相同的时局。他的人生，却与文天祥有着别样的优美和悲情。

刘辰翁1232年出生于庐陵灌溪（今吉安市吉安县梅塘乡小灌村）。淳祐元年，江万里建白鹭洲书院，刘辰翁入院学习，成了江万里的弟子。

那时候，刘辰翁虽然还只是个孩子，可是已经有了较为丰富的学习经历了。在白鹭洲书院，他的学业日益精进。不少人认为，这个从小丧父的孩子，日后必定会有大出息。

他不知道，他的一生，将与白鹭洲书院紧紧维系在一起。那个任吉州知州同时也常到书院讲课的江万里大人，是上天指派给他的精神父亲。

江万里与刘辰翁真正的交往，是在十九年后的景定元年（1260年）。那一年，刘辰翁到临安，其文章得到了时任国子监祭酒的江万里的赏识，被补录为太学生。又因为是白鹭洲书院的师生，他们的感情从此与日俱增：

> 景定五年（1264年）春，江万里知建宁府兼福建转运使，刘辰翁应邀入其幕僚。五月，江万里迁任知福州、福建安抚使，刘辰翁跟随其到福州。
>
> 咸淳元年（1265年）夏，江万里入朝执政，刘辰翁一并入京出任临安府教授。
>
> 咸淳二年（1266年）春，江万里罢相，刘辰翁一同被弹劾。

咸淳四年（1268 年）秋，江万里出任太平州江东转运使，刘辰翁再入为幕僚。

　　…………

　　刘辰翁一步步追随着他的老师江万里。他把自己一生的前途、抱负和命运都托付给了江万里。对他来说，江万里是南宋危局苦撑的国之柱石，也是具有人格感召力的精神偶像。他愿意终生追随他，与他同生共死。

　　可是时局危急，已经老迈的江万里无力回天。1275 年春，鄱阳城破，时年七十七岁、归隐鄱阳的江万里率一家十七口投水自尽，壮烈殉国。

　　听到老师一家投水的消息，在吉州吉水虎溪避难的刘辰翁悲痛欲绝。之后，他执着地往来于吉州与饶州，在元人的眼皮底下冒着危险，寻找江万里真身的下落。六年后，刘辰翁终于费尽周折地将江万里的尸骨迁葬于故乡都昌。

　　安葬完恩师，刘辰翁返回了庐陵家中，从此固守在家乡庐陵。庐陵，那是他与师弟文天祥的成长之地，也是他的老师江万里任过知州、创办了白鹭洲书院的地方，还是欧阳修、胡铨、杨邦乂、周必大、杨万里等人的灵魂故土。他守在此地，也就是守护了大宋的文化根脉。大宋灭了，可大宋的文化还在，他守在家乡，大宋的文化薪火就没有熄灭。

　　他面对元朝的多次征召坚辞不仕。他在家乡养花，种菜，同时广纳门徒，传授毕生所学。他以白鹭洲书院的教规为教规，为的是传递白鹭洲书院的文脉，当然也就是他的恩师江万里的精神脉息。

　　他还用大量时间写诗，著述。"国家不幸诗家幸"，南宋亡国之痛，成就了他的诗名。他的诗、词，寄托遥深，慷慨沉郁，苍凉沉痛，尺幅千里，被认为是"苏辛"之后豪放词派第一人。

他最爱写的是春天。春天，那是对他有着特殊意义的季节，是让他十分痛楚的时令，是隐含了南宋命运的时间刻度，更是他的老师江万里的死期。江万里死于德祐元年（1275 年）二月。刘辰翁于第二年暮春所作的《兰陵王·丙子送春》，既是沉痛悼惜当年二月临安陷落，也可以说是悼念江万里前一年的投水殉国。

　　送春去，春去人间无路。秋千外，芳草连天，谁遣风沙暗南浦。……春去尚来否？正江令恨别，庾信愁赋。苏堤尽日风和雨。叹神游故国，花记前度。人生流落，顾孺子，共夜语。

而他其他的咏春之作，具有同样的河汉遥寄不得至的悲烈苍凉，声声都是师不得见、国不得归的带血之啼。

　　芳草如云，飞红似雨，卖花声过。况回首、洗马膝荒，更寒食、宫人斜闭，烟雨铜驼。……（《大圣乐·芳草如云》）
　　莺语依然，但春去、人间无约。谁念我、吟情憔悴，醉魂落魄。……（《满江红·莺语依然》）
　　无肠可断听花雨。沈沈已是三更许。如此残红那得住。一春情绪。半生羁旅。……不如归去。不如归去。人在江南路。（《青玉案·暮春旅怀》）
　　…………

元成宗大德元年（1297 年）正月十五日，刘辰翁逝世于家中，享年六十六岁。这位啼声带血的悲情诗人，这位南宋著名的孑遗，终于完成了自定的使命，解开了自己执意佩戴的枷锁。他死的时候正值早春，这是巧合，还是上天的着意安排？

一只心事重重的白鹭，一只乱世中隐身于庐陵青山绿水之间的白鹭，终于挣脱了肉身的枷锁，向着他纸上构筑的永恒的春天飞去。在那里，他与老师江万里和师弟文天祥（死于 1283 年 1 月 9 日，也是一个春天）终将会合。在那里，他将每天抬头向天，手指苍天，作诗人吟诵与鹭鸟起飞之状，就像如今的白鹭洲书院里他的塑像那样。在那里，满天满地都将是白鹭振羽的优雅祥瑞之音。

日照寻鹤

我去日照，是去寻鹤的。我知日照有河以鹤为名，在莒县，也有楼以鹤为名，叫白鹤楼，在九仙山。日照典型的暖温带湿润季风区大陆性气候，非常适合鹤的生长。据载，日照现有野生鸟类180种，其中就包括鹤，比如国家一级保护的丹顶鹤和二级保护的灰鹤等。

没去日照前，我就先入为主地想象，日照应该是一座鹤的城。鹤舞白沙，鹤啸九天，鹤来松有客，苔去石无衣，鹤驭凌云入紫微，水盘山绕五云飞，晴空一鹤排云上，便引诗情到碧霄，应该就是日照常见的景观了。

鹤是祥瑞之物，其形也美，其性也柔，其声也丽。它特别有仙气，仿佛不是人间物，所以人们爱把鹤称为"仙鹤"。它飞翔的样子，让人想起出世、诗意、高洁、童话和梦想。有鹤的日照，自然就是一座仙境一样、童话一般的祥瑞之城了。

可我一直无缘去日照。我是个南方人，而日照在北方。我跟北方的交集并不多，去山东的机会就更少。日照的鹤，只能在我的想象中飞舞。

2021年4月，我去日照的机缘终于到了。我得到山东文友的邀请，去日照参加一个文学采风活动。

到了日照，鹤河并没有列入我们的采访日程。我们去的是九仙山。一到九仙山，我看见满山的石头。

这是完全不同于我所在的南方的山石王国。南方的山上，石头掩映在茂密的林木、涌动的云雾之间。它们或立或卧，或挺胸或抬头，或颔首或张望。它们的身体，或滴答着水珠，或被青苔和植被簇拥。如此，石在掩映中就有了各种各样的形状，山就因此有了不同的气质与风韵。

可是九仙山的石头，几乎毫无遮掩，全都素面朝天。它们小的只有碗口大，大的呢，一块或几块石头就会是一座小山峰。它们就这么大大小小地堆在山上，有的作醉卧状，有的侧耳倾听，有的仰面向天，有的低头沉思。有的呢，仿佛要出远门，大概才走出了几步，心就生反悔之意，头就往回看了，脚步就挪不动了。

它们不像南方的石头，各美其美。它们勾肩搭背，首尾相顾。它们是石头的联盟、石头的族群、石头的合众国。他们组合成各种各样的形状，看左边的石群，多像几只海豹在偃卧，而右边的石头，又像是蛙群出深山。而远处，无数的石头散落在山坡的青草之间，仿佛一个庞大的边走边啃噬青草的羊群，或者是开着蟠桃大会的仙人。

我的眼前有一块形若蟾蜍的石头，似乎要从一块石头跳过另一块石头去。它可能过高地估计了自己的能力，结果被卡在了两块石头之间。多难受呀。可是，到目前为止，没有任何一块石头愿意为它搭把手，把它从两块石头间解救出来。

我身边不远处的山腰上一块石头巨大无比，大约有两三层楼高。它似乎急着要冲下山去不远处的村庄里找谁喝上一杯，身体已经因迫不及待完全前倾，可它旁边有一块远比它小得多的石头扶住了它。为防止它摔倒，另有一块更小的、大约一米见方的方形石刚好抵住了它的前腿，算是有惊无险地帮它维持了重心。但这种维持能坚持多久，没有人能说得清。

在九仙山，林木是匍匐的，石头才是山的真正主人。它们是静止的，可是在我眼里，它们都是可以呼吸走动的灵物！

而且，它们的颜色都是白色的，远不像南方的山石，或是丹霞的红，或是草木掩映的绿。

说它们开着蟠桃大会一点也不会错，它们的样子，通体圆润，就像是一颗颗饱满的蟠桃。

可是鹤呢？我是为寻鹤而来。如此的场景，有鹤翩跹，就完美了，就与我想象中的日照吻合了。可我发现，石头之间、山峰之间，不要说鹤，就是麻雀都十分鲜见。

当地文友怕我失望，把我带到了一块相对方正的巨型石头前，指着石壁上的字迹，说鹤就在这里呢。

我看到在距地八米左右的高处，有竖排阴刻的"白鹤楼"三字。字径约五十厘米的样子。字为行楷，苍劲有力，有些扁，看着眼熟。左方有一行落款小字，文友骄傲地说，字是"熙宁九年九月轼"。

熙宁九年轼？难道是熙宁九年大学士、知密州的苏轼吗？没错，正是他。

从当地提供的资料得知，苏轼因反对王安石变法，自请出京，被授杭州通判。熙宁七年（1074 年）秋，又被调往密州任知州。现在的日照，就是在宋时的密州境内。

苏轼一到密州，正值大旱，又有蝗虫灾害，百姓生活艰难，饿殍弃儿遍地。

苏轼为救民于水火，即上书朝廷，请求减免税赋，并且设祈雨台祈雨。上天感其虔诚，果然下了雨。他出台了蝗虫换粮食的政策，鼓励百姓捉蝗，帮助灾民渡过难关。经过他的治理，密州的饥荒与蝗灾有了一定程度的缓解。

苏轼为救弃儿，又出台一个政策，鼓励官员捡拾弃婴，把弃婴安排到各家抚养，由政府按月给抚养费。两年之内，救活弃儿数十人之多。

他反对王安石新法，可新法中的"给田募役法"对百姓有利，他就积极推广。

他重视教育，积极推动密州办学校，兴教化。密州文风一时振起。

他经常深入街头巷尾田间地头，访贫问苦，广交当地名流。"城里田员外，城西贺秀才"，都是他的好朋友。

因为推行了一系列新政，仅仅两年多的时间，苏轼就得到了密州百姓的爱戴。人们都称他为大善人、活菩萨。

苏轼在密州期间，走遍了密州的山山水水，这里的马耳山、九仙山、常山等，还有楚汉相争时韩信与龙且大战潍水的潍河，都留有他的诗词。有人统计，他在密州两年多的时间里共写了230多篇诗、词、文。其中最有名的是思念弟弟苏辙的《水调歌头·丙辰中秋》、悼念亡妻的《江城子·乙卯正月二十日夜记梦》和《江城子·密州出猎》。

"我欲乘风归去，又恐琼楼玉宇，高处不胜寒。起舞弄清影，何似在人间。""十年生死两茫茫，不思量，自难忘。……夜来幽梦忽还乡，小轩窗，正梳妆。相顾无言，惟有泪千行。料得年年肠断处，明月夜，短松冈。""老夫聊发少年狂，左牵黄，右擎苍，锦帽貂裘，千骑卷平冈"……读着这些诗句，我们似乎看到了知密州时的苏轼。不到不惑之年的他浪漫、深情、诗意，真诚而从容。他恪尽职守，体恤百姓，为政勤勉，政绩卓著，又有一颗旷达闲适之心，爱与天地独往来。他从京城出任小小的密州知州，实为朝廷对他的贬谪，他却毫无困顿之感、局促之意。他是一个何等心胸坦荡宽广、内心美好的可爱之人！

有苏轼知州过吟诵过的日照，是何等幸福的日照。

可是依然没有鹤。我不知道，九百多年前，苏轼登临九仙山的时候是否看到过鹤。

我推断苏轼或许是看到过鹤的。他来到九仙山，满天的白鹤翔集，迎接它们的朋友。它们是九仙山的主人。日照的文友告诉我，这块石头上，果真曾有过一座楼的，专供往来的白鹤休憩之用。正是看到了这些绝美的精灵，苏轼欣然命笔，写下了"白鹤楼"三个大字。

可是现在，文友口中的白鹤楼踪影不见。我所看到的，只是一块写着"白鹤楼"的石头。

如果说苏轼登临之时，果然白鹤翩跹，为何九百多年后我来九仙山，却看不见哪怕一只白鹤？我所见的九仙山，难道跟九百多年前的九仙山有很大区别吗？

——有没有可能，苏轼所见，跟我所见，不过都是满山似乎随时要走动的石头？

可是，他是浪漫的诗人、微醺的酒徒。他是愿意把这苦难重重的人世看成童话般良善的乐天派。有没有可能，在他眼里，这些白色的石头，就不仅仅是石头了，而是满天满地的白鹤——它们在草间觅食、踱步、嬉戏、舞蹈、鸣叫。天地间都是白鹤金属般的嗓音和天使一般的倩影，都是他所期待的良善与美好。

而那块他题写了"白鹤楼"的巨型而方正的石头，以至整座九仙山，就是他心中白鹤的故乡。

他对这块石头的题写，完全不是实际场景的写实，而是他作为浪漫主义诗人的想象与修辞。

——有没有可能，苏轼书写的"白鹤楼"中的白鹤，其实就是他自己。

苏轼何尝不是一只白鹤。他善良，多情，灵魂干净，崇尚自由，喜欢一切美好之物。他的《水调歌头·丙辰中秋》中的"我欲乘风归去，又恐琼楼玉宇，高处不胜寒。起舞弄清影，何似在人间……转朱阁，低绮户，照无眠"，与其说是苏轼遥寄弟弟苏辙的句子，不如说是一只白鹤的言辞。他悼念亡妻的《江城子·乙卯正月二十日夜记梦》，是一只白鹤对另一只白鹤的亡灵的追念。"明月夜，短松冈"，正是最适合白鹤栖身的场景。他轻盈洁净的灵魂，他赤子般的一生，多像一只体态优美的白鹤，在中国历史文化的天空中的翩跹之姿。

这只中国文化中优美至极的白鹤，因为他知密州的缘分，自然也就成了日照的精魂。

这么想着，我在日照，终是见到鹤了。

日照，在我心里，终究还是一座有鹤的祥瑞之城。

这么想着，看满山的白色石头，耳边仿佛听见了鹤的振羽和鸣叫声，地上仿佛都是鹤的倒影……

三叔家的狗

一

三叔家有狗，两条，雌的。品类属中华田园犬，也就是正宗的本地土狗。它们的外型酷肖，都是窄脸、尖耳、长腰、瘦腿。一看就知道是优良品种，只是毛色有些不一，一条偏黄，另一条偏白。三叔说，它们是一母同胞，亲姐妹。

它们不是宠物狗，如今谁家会养两只土狗当宠物的？但它们俩在三叔家里，待遇跟宠物也差不离。三叔家在远离人烟的深山里。俗话说，山中一日，世上千年，话说得夸张，是说明山里与山外的不一样。在深山里，三叔家的鸡鸭狗猪，就都有了家庭成员的待遇。狗通人性，离主人关系更近一层。三叔家吃不完的剩饭菜，自然先给狗留着。两条狗也就都养得皮毛光彩，富家小姐一般，迈起步来，多了矜持，少了局促。

两小姐是用来看门的。三叔在离市区很远、鲜有人居的山里，是方圆十里都知晓的养殖专业户，一份不大不小的家业，就他和三婶两个花甲之年的人守着，不安全。就养着这两条狗。三叔说，这姐妹俩不错，忠于职守，不辱使命。虽是女流，不让须眉。警惕性高，判断力好。(三叔说话喜欢用电视里学来的新词儿)有这两条狗,他们俩可以放心出门。他们不在的时候,谁想靠近院子,必定会先遭犬吠,也就是口头警告,再不离开,它们就不客气了,被咬是一定的,不管来人生熟。有居心不良的人吃了亏,想通过下毒来除了它们,结果只能是枉费心机。陌生人给的东西,不管再香,它们闻都不会闻。它们那视若不见的表情似乎是说,就是山珍海味、满汉全席,要是来得不明不白,老娘也不稀罕。

这姐妹俩感情好。它们不会为争一块骨头、一片肉闹矛盾,吵架撕咬。它们吃起食物来很是斯文,甚至有些互相谦让的意思。没事的时候,它们也会在一起玩耍,彼此示爱,却不猛烈,无非是你挨着我的脖子,我碰碰你的鼻子,完全是贤良淑女的做派。三叔说,这两姐妹脾性有不同,私下里有分工。毛色偏黄的,不太爱作声。见到陌生人叫个不停的,多是毛色偏白的那条。陌生人上门,一般是毛色偏白的那条吠几声。毛色偏黄的就不紧不慢地挪动步子,不声不响地来到陌生人的脚边,趁着人家不注意,忽然就张了口。真是应了会咬的狗不叫这句话!

三叔对它们的介绍并不虚。每次去 X 市出差,我都会抽空去看三叔三婶。从市区坐车,到郊区很远了,离开公路转入山区,跨过一座铁路桥再前行数里,感觉气温慢慢低了下来,就到了三叔家。首先迎接的就是狗。它们当然视我为陌生人,白狗叫得猛一些,黄狗一般是呜咽几声。白狗继续叫,黄狗就开始向我贴近。我自然大骇,叫着三叔三婶。他们呵斥着狗,说是自己人,狗估计听得懂他们的话,悻悻离开。在我与三叔三婶闲聊期间,它们会反复来巡逻,以防我这个它们不熟悉的家伙,干出啥出格的事儿。吃饭的时候,它们会在我就座的桌子底下钻来钻去,既像示威,又像军事演习,每次我都担心,它们会对我判断失误,趁着我三叔三婶不注意,咬我一口。——说这两姐妹，给我留下了颇为强烈的印象，一点不虚。

　　春节了。父母去了广东弟弟家。我和妻女去 X 市陪三叔三婶过年。也有想到山里得几天清静的意思。这样就和两条狗好好处了几天。狗不长记性，进门时依然对我吠个不停，挨了三叔三婶好一阵骂。依然要示威演习一番，好在不久就撤掉了警戒，也许这次把我当成了自己人。闲来无事，我开始琢磨它们。我发现它们与院内散养的鸡鸭们都处得不错，在比它们弱小的鸡鸭面前，它们一点也没有仗势欺人的意思，从不与弱小者争食。有一回，一只公鸡担心自己看到的一块肉被身边的黄狗抢去而振翅奋起作咆哮状，黄狗毫不理会它的无赖撒泼，没事样地走开，完全是一副宰相肚里能撑船的样子。它们的确是忠于职守，三叔的小女儿也就是我小堂妹全家从城里来给三叔三婶拜年，大人们在院子里闲聊，只有四岁的外甥女到屋后的山上玩耍。毛色偏白的狗就负责守着院子的一大家子人，毛色偏黄的狗就会自觉担负起看护孩子的任务，不远不近地跟着她，像个担任警戒任务的保镖。

　　姐妹俩不错，完全称得上是犬中巾帼、三叔家的女门神。按理，三叔家的家业，交给它们守护，十万个放心。但我觉察出了它们的性情有些冷，有些与整个家庭氛围不一致。它们不会像其他的狗一样，动不动就对主人摇尾乞怜。它们的尾巴，我从没见为讨好主人摇动过。它们从不与我三叔的一家人显得过于亲热，对大人一副不卑不亢的样子，对三叔的两个小外孙女往往要亲切一些。它们的眼神里，从来没有过欢腾的笑意。它们到厨房穿梭，正忙个不停的三婶不耐烦地会骂上两句，挨了骂的它们既不呜咽，也不愤怒，而是不声不响地走开。与其说它们是这家庭中的一员，不如说它们把自己当作这个家庭雇来的长工。它们抬起头来与人对视时，脸上的表情里有一种哀伤的意味。它们是怎么啦？

　　与三叔闲聊，我将我的纳闷告诉三叔。三叔怂然，仿佛是提到了他的一件伤心事。他说，这俩狗东西，从小就这样，心里记着上辈的仇呢。和它们的娘一个货色！——从三叔的嘴里，我知道了两姐妹的母亲的故事。

二

两姐妹的妈妈同这两姐妹一样，从小就生活在三叔的家里。与它们不一样的是，妈妈狗幼时不算活泼，但也并不冷漠，偶尔也会向着三叔三婶摇尾撒娇，没事时会撵只鸡追只鸭玩儿。当然，看到陌生人，凶得很。山里的狗，警惕性高，吠和咬是看家本领。主人面前乖巧，生人面前凶悍，凭这两点，幼年的妈妈狗获得了三叔三婶全家人的喜欢。

狗慢慢长大了。在深山里，三叔养猪，造酒，食物丰富，营养不错，狗就长得体健貌美，皮毛光亮。山里空气好，无污染，狗得了山中真气，又加上主人宠爱，狗就有了些出身于大户人家兼深山俊鸟的气质。狗少女时的样子，抄三叔的原话，是土狗中的美女，比这姐妹俩还有型。

狗大了，有了恋爱约会的想法，出门的次数就比以前多了。妈妈狗姿色不错，自然也有诸多好逑的君子狗闻讯而来，有的在门外盘旋，有的装着没事样到院子里走动。开始时，看不出妈妈狗对哪条狗特别好。直到有一天，它带回来一条公狗。

不得不认为妈妈狗是有眼光的。公狗体型伟健，脾性却不算火爆。特别是在妈妈狗面前，更是温和的、谦让的、妇唱夫随的。妈妈狗一旦心情不好，公狗就会特别殷勤寸步不离地陪着。妈妈狗一旦遇上生人开始叫唤，公狗就会悄没声地贴近，担任着进攻的角色，对着生人小腿咬上一口。它们两口子的关系，是公主与驸马，是当家女儿与上门女婿，是武媚娘与唐高宗。

妈妈狗和那条来路不明的公狗相亲相爱，成了一家人。那些闯入院子想浑水摸鱼的狗渐渐散了。门口盘旋的也消失不见。

然后是妈妈狗真做了妈妈。有一年生了三只，又一年生了五只。三叔三婶把大多数狗送了人，只留下两只自己养。对待那条不知是谁家的爸爸狗，三叔三婶开始是听之任之，反正多给一口吃的穷不了三叔一家。后来见狗不肯离开，也没有谁来找它，三叔三婶就把它当作自家狗养着，这在山乡里，并不是啥稀罕事。

可是后来三叔的经营出了点状况。在这深山里，三叔三婶承包了这片废弃的农舍，造酒，养猪，每天忙得不亦乐乎。造酒，就需要钱买粮食；养猪，更是需要钱买猪种、药品和饲料。卖出去的酒和猪一时半会儿回不了账，三叔经常面临捉襟见肘的境地。那一年，三叔养的猪发生瘟疫，猪大量死去，损失不少，资金链随时断裂，需要贷款。屋漏偏逢连夜雨，税务部门也来找麻烦，说是有人举报三叔的养殖场存在偷税漏税现象，需要重罚。三叔无奈，想方设法找到银行行长寻求贷款，找到税务部门管事的请求减免罚金。正是冬天，三叔听说两方面主事的人都有吃狗肉的癖好，就打起了那条来路不明的公狗的主意。

三叔用绳子做了个圈套，往圈套里丢了块香喷喷的肉。对三叔完全不设防的公狗上前叼起了肉……三叔把绳子拽起，公狗挣扎，狂吠，脖子上的活结越勒越紧。三叔把绳子吊在院口的铁门上。狗挂在院门上，伸出了长长的舌头，渐渐没了声息。

然后是放进装上沸水的木盆里，用屠户的刮毛刀刮毛。烧起木炭火，将狗身上剩余的毛烫尽，表皮烤焦。开膛，破肚。斩成小块，放进了油锅。添上干椒、桂皮、花椒，就做成了香喷喷的狗肉。

三叔分别请了银行和税务管事的吃上了狗肉。他们都吃得很满意。

银行的给三叔贷了款，收税的只是象征性地罚了三叔的款。三叔渡过了难关，他的养殖和造酒大业，依然雄心勃勃地往前推进。

然而他没有顾及妈妈狗的感受。从吊狗到炒狗肉，妈妈狗都看在了眼里。当三叔费力地把公狗吊在铁门上，妈妈狗不敢有扑咬主人的心，只能凄厉地对着三叔和弹动着腿的爱人嘶吼。看着三叔手里慢慢褪去毛的公狗，木炭火烤着的发出焦味的公狗，妈妈狗在院子里不知所措地来回跑动，完全失了往日的公主风度，仿佛遭了大难毫无主见的村妇，嘴里发出伤心欲绝的呜咽声。

三叔三婶以为妈妈狗过几天就会忘了这不愉快的一切。一条狗，怎么会和人一样记仇呢？可他们错了。经过了这一茬，妈妈狗性情大变。过去，它有说有笑，现在就面若冰霜，眼含悲凉。过去它爱黏着三叔三婶，现在呢，它刻意与三叔三婶保持距离，甚至对三叔三婶视若不见来表示它的冷漠。它既无法放下杀夫之仇、毁家之恨，又无法割舍主仆之义、养育之恩。它只能既恪守看家护院的职责，又对这屋檐下的仇人无半点亲近之心。它活在这两难的境地中，何其苦辛！

他们就这样不冷不热过了好几年。直到有一天狗妈妈出了事。

院子里有一天不见狗妈妈。三叔三婶开始并不在意。可是他们隐约听到远方山里狗妈妈惨叫的声音。三叔三婶循声找去，看到妈妈狗在一个山坳里，一只脚被人下的套缠住，鲜血淋漓。三叔三婶冲上前去，三婶抱住了它，三叔用手奋力拉开铁夹子。真是疼呀，妈妈狗实在忍不住，咬了三叔一口。血从三叔的手上流下来。

三叔三婶救了狗一命。杀夫之仇、救命之恩两两相抵，他们应该和好如初才是。狗的确要比以前对三叔三婶好些，又开始有了向着他们摇尾的时刻。可是，因为尾巴久没摇过，现在摇起来就显得生硬、沉重，一点也不让人觉得轻松。它似乎是想表现得和颜悦色一点，可是它发现，它已经不再会笑了。

多年的仇恨与悲伤，让这只可怜的狗已经丧失了笑的能力。它望着人的样子，既有孀妇的凛然，又有苦命人的悲怆。她看着远方的样子，既像缅怀，又像控诉。

这条狗最后有了和它的那张苦命人的脸一样的命运：它误食了不知谁下的毒，倒在了三叔家的院子里。它的嘴巴不断地流着涎水。它急剧地呼吸，肚子在急剧鼓缩。据说狗是土命，无论受伤、中毒，只要身子贴着地，狗就有可能死里逃生。它流涎，这是狗食物中毒的一种排毒自救的方式。也许是吃的东西毒性太强，它中毒太深了，它根本无法将毒排到可以保全性命的程度。三叔三婶以及它的孩子在旁边看着它，焦急万分，可谁也帮不了它。最后只能看着它慢慢地、痛苦地死去，看着它呼出最后一口气。

——它因误食不明毒品而死，这是不是它的孩子不食陌生人的吃食的原因？

三

三叔认为他们家两姐妹的冷漠性格并不仅仅来自它们苦命的母亲。他估摸着根子还在更远处。这样就说到了它们的外祖母——十多年前家中的一只母狗。

那是三叔三婶养的第一条狗。那时三叔三婶还在某不景气的国营企业上班，每月的收入少得可怜，而家里要用钱的地方很多：亲戚家办喜事要送礼，两个女儿读书也要钱。捉襟见肘，就想着搞点副业。听人介绍来到深山里，承包了这片差不多废弃的养殖场。三叔三婶打算，这里虽是深山，可离叔婶上班的国营厂并不远，三叔买了摩托，二十多分钟可到。国营厂经营不景气,上班不需全天,就有时间在下班后打理这养殖场。办场子会很辛苦,可三叔三婶都是农民出身,二十世纪七十年代遇上招工才成了工人,吃苦他们是不怕的。三叔三婶信心满满,到处借钱买设备、原料,办起了这样一家兼造谷酒和养猪的场子。

场子经过了一个艰苦创业时期后,转入正轨。三叔三婶日渐有了一些收益。深山里经常是猪的嚎叫声从半夜响到天亮。他家的酒销给他们厂的工友、市区的小饭馆,渐渐也有了名气。就有人盯上了他们。有一个晚上,三婶有事回厂里的家住,一群人手持砍刀,趁三叔不备冲进了深山里的养殖场,逼着三叔给钱。三叔不从并奋起反抗,那群人的砍刀对着三叔一阵乱砍。虽是冬天衣厚,三叔还是被砍得鲜血淋漓。

三叔三婶遂起了养狗看家护院的念头。访到更深的山里人家有狗生了崽子,三叔就求了一条回来。主人吹嘘说狗有猎犬血统,祖上随猎户在深山里出没,三叔不知真假也就将信将疑。狗是雌性,三叔打着小算盘:母狗能繁殖,这养殖场年年办下去,场子里就再也不用担心缺看家护院的角色了。

小狗进了三叔的院子里。它可真是个没心没肺的皮孩子!它会跟大人逗趣,会干一些诸如把叔婶的鞋子悄悄叼着藏起来的淘气事。它拿耗子,经常看到它把一只耗子翻来覆去地搬弄直至屈辱死去。它爱搅局,鸡鸭们在享用午餐时,它会冲上去大呼小叫让鸡鸭们愤慨不已。它对啥都好奇,会对着垃圾堆里的一个废灯泡、一节旧电池煞有介事地研究一个上午。它甚至有些装疯卖傻,三叔至今记得,有一回它叼着一根不知从哪里找到的旧绳子在院子里跑来跑去,像个疯子。

它从小就显示出良好的看家护院的素质,让三叔三婶认为它有猎犬血统的说法一点不虚。它有相当灵敏的嗅觉。三叔的钥匙不知落在哪个角落,它可以凭着嗅觉把钥匙叼出来。它有很好的捕捉能力,还在渐渐成年的时候，三叔带它进深山拾蘑菇，转眼间它竟然把一只野兔叼在了嘴上！看到陌生人，它的扑咬更不在话下。有它的看护，再也没有谁敢冲进深山里的养殖场抢劫和砍杀三叔三婶了。

经过了无忧无虑的少女时代，它成年了。它开始恋爱。它当然是可爱的、迷人的、追求者无数的。然后它怀孕了。没有人知道它的男友是谁（这有什么关系呢）。它生下了一窝小崽子。它从早期的淘气鬼变成了幸福的小母亲。如果意外不会发生，它会在这个家中一直幸福下去，直到终老。

可生活总是充满让人意想不到的变数。命运从来不是只有一个方向。一年后意外发生了。不知是吃坏了东西还是身体受过剧烈震荡，再一次做母亲的它发现自己生下来的五个狗崽子竟然全是死婴。惊愕的它不愿意接受这眼前的现实，不断地用嘴拱着这五个死孩子。它多么希望它们不过是睡得正香，只要不断拱动，它们就会从梦中醒来，打着呵欠，微睁着眼，寻找它的奶头。不管它是拱着还是叼起它们，它们没有一只能轻轻举起它们的爪子，发出哪怕一声不耐烦的呜咽。

它不吃不喝。它寸步不离它的死孩子。它的脸上不再是幸福小妇人、家中开心果的样子，而是被巨大的悲伤给攫住了。它偶尔发出低低的呜咽声，那是它体内巨大的悲伤之河企图突围的声响。一夜之间，它似乎就老了很多。没有人会怀疑这一点：如果此刻有人举着砍刀杀进屋里，它肯定会视若不见、不管不顾的。

必须有人把它从悲伤中解救出来。必须让这件事早日翻篇。三叔三婶看不下去了。他们简单商量后，一齐走上前去。三叔抱住了可怜的母亲，三婶趁着它不注意用簸箕装了五只没气的小崽子，向养殖场背后的山走去。等它回过神来，三婶已经将五只小崽子埋进了深山，任谁也找不到了。

伤心过度的母亲没看到孩子，循着气味飞奔着离开了院子，跃入了深山。天知道不吃不喝的它从哪里冒出来的力气。没有谁能拦得住它。

一天过去了，两天过去了。它没有回家。三叔三婶去深山里找它，可是连它的影子都没见着。只是在深夜里，他们依稀听到远方传来的一两声绝望的吠声。

第三日早上，三婶打开铁门时发现它——它一身脏兮兮的睡在门外。它的身体蜷缩着，头埋在身子围起来的中间。它看起来很累很累，身子一动不动，似乎陷入了深深的睡眠，不想任何人打搅它。

三婶用脚踢了踢它，骂它还知道回来！家里人都在担心！孩子没有了下次再生一窝！要这么寻死觅活！可是它没有任何回应。三婶近前一看，这个可怜的母亲已经死去多时。

从离开家门跃入深山到一步步回到家门口，它经过了怎样的心路历程？它去找那些死去的孩子，是不是想着给自己的亲骨肉一点温暖？找不到它的孩子，它的心里会有怎样的绝望与不甘？它又饥又渴。它疯狂地在山林中奔跑、嚎叫。它是不是想用对自己施虐的方式来让自己的心里好受些？

可是它没有力气了。它知道自己快要死了。它想让自己有个体面的临终之地。它是个还有其他子嗣的母亲。它还有待它不薄形同亲人的主人。它不想他们为它担心。它要回到家去，以给他们一个交代。它移动着无比沉重的步子，在半夜里它终于挪到了门口。它是条懂得规矩的狗。它不想用一声吠叫惊醒他们的梦境。它用最后一丝力气精心选择了自己临终时的体态。它死去了。所有的悲伤和绝望，和所有曾经的甜蜜，也都放下了。

——这是一只内心何其纠结的狗，一条虽然无比卑微但足以让我敬重的生命。这也是我听到的最让我心疼的狗故事。